NACIDO PARA RASTREAR

Reuben Cole - Los Primeros Años Libro No. 1

STUART G. YATES

Traducido por

JOSÉ GREGORIO VÁSQUEZ SALAZAR

*Dedicado al pequeño Moreneto, esta fue la primera obra que completé después de que nos dejaras el 11 de julio de 2020.
Y para Libby, que te quería mucho.*

PRÓLOGO

A principios del siglo XX, Reuben Cole, antiguo explorador del ejército conocido por las naciones indias como "El Que Viene", se acerca al final de su sangrienta carrera. Los duros e implacables años de esfuerzo y violencia le han pasado factura. Ya no es el hombre que era, su último caso casi le cuesta la vida. La realidad es que es viejo y lento y ahora lo acepta, aunque a regañadientes, como tantas personas que envejecen. Al anunciar su jubilación a su sufrida amante, ésta le dice que un escritor de una revista ha llegado a su casa, deseoso de registrar la carrera de Cole para un ávido público sediento de historias del "salvaje oeste". Vacilante al principio, Cole acepta y relata la parte formativa de su carrera, durante la cual aprendió a rastrear y a mantenerse vivo en el duro e implacable paisaje del Oeste.

Como él mismo le dijo al escritor de la revista, "Lo que tienes aquí es la historia tal y como la viví. No estuve presente en todo lo que ocurrió, y esas escenas me fueron contadas posteriormente. Pero todo es verdad, cada palabra".

Esta es su historia.

CAPÍTULO UNO

Su madre está a punto de morir. Lo sabe sin que se lo digan. El doctor Miller solía visitarla cada dos días, pero últimamente lo hace dos veces al día. Reuben, de catorce años, se sentaba en un rincón y observaba las idas y venidas sin hablar, sin preguntar. No es necesario. Lo ve todo en las arrugas de sus rostros y en el espantoso tono de la piel de papel de arroz de su madre. También en la forma en que su padre se pasea por la casa con aspecto de viejo y encorvado, apenas capaz de encontrar la mirada de su hijo.

El doctor Miller le aprieta el hombro y le hace un gesto tranquilizador con la cabeza. Reuben sostiene la mirada del anciano. "¿Se pondrá mejor?"

El doctor aprieta los labios y sacude la cabeza.

Se aleja, dejando a Reuben con sus pensamientos.

Reuben se hunde en su interior, volviendo su mente a los recuerdos y pone su cara entre las manos y llora en silencio. Es su madre y va a morir. Es como si todo su mundo se estuviera derrumbando y él no pudiera evitarlo.

Esta mañana cuando por fin baja las escaleras, los hombres están de pie en el salón con las gafas en la mano, ninguno dispuesto a recibir su mirada, así que decide salir. Se siente desgarrado. Su madre yace en su cama y nadie está con ella. Debería quedarse, acariciar su frente febril, pero el doctor Miller se lo advirtió. No debía tocarla. Incluso le dijo que lo mejor sería no entrar en la misma habitación que ella. Siguiendo ese consejo, a lo largo de todos los días, Reuben se agazapaba en el pasillo exterior con la cabeza pegada a la puerta, escuchando su respiración entrecortada. Pero seguir el consejo no quita el dolor ni la culpa. Ahora, con pasos pesados, se desliza fuera de la casa sin saber ni importarle si alguien lo ve salir.

Afuera hace frío. Ya ha caído nieve en la noche y, en la pesada blancura del cielo, amenaza con más. A él no le importa. Monta a la vieja Nora y se la lleva lejos del rancho. Le encanta el rancho. Le encanta la forma en que la brisa se mueve a través de los campos, la forma en que el cielo se extiende para siempre, las montañas distantes una mancha púrpura contra el fondo azul. Todo lo que ve es propiedad de su padre y un día todo le pertenecerá. Reuben Cole. Un chico cuyo futuro está garantizado.

Excepto que él no lo quiere.

No cree que quiera ser un ranchero. No todavía, no con su madre a punto de dejarle para siempre. Ya no escuchará sus amables palabras, sus consejos y sus ánimos. Ella le deja con toda la vida por delante, con todas sus incertidumbres, emociones, aventuras y adversidades, todo para que él lo enfrente solo.

Así que cabalga. Su mente es un paisaje azotado por el viento de emociones en constante cambio, sus miedos teñidos de tristeza mezclados con sueños de lo desconocido. El gran mundo le rodea y le parece impresionante pero desalentador. Tan imprevisible.

Cabalga con su mente lejos hasta que los recuerdos se hacen grandes y vívidos. Recuerda el rostro sonriente de su madre, su perfume llenando sus fosas nasales. Si cierra los ojos, puede volver a verla. Como solía ser antes de que la enfermedad asolara sus rasgos, la volviera delgada y de piel cetrina. Hermosa. Sonriendo, siempre sonriendo.

Llega a un lugar que no conoce. Saliendo de su ensueño, observa el paisaje. A su alrededor, los acantilados escarpados y marcados por el viento se elevan, tan altos que no puede ver sus cimas. Allí los pájaros vuelan, sin duda buitres ansiosos de un festín. Se estremece, se retuerce, desengancha su cantimplora y da un largo trago. Nora respira con dificultad. Debían haber estado viajando durante horas y, a menudo, los ventisqueros eran profundos. Se reprende a sí mismo por no haberse concentrado más en el lugar al que se dirigía. La dirige hacia una maraña de árboles y aulagas y desmonta. Acaricia a la vieja yegua a lo largo del cuello y, trabajando con rapidez, desabrocha la silla de montar y la libera de ella. Presionando su cara contra el hocico de la yegua, besa sus fosas nasales ensanchadas y ella responde relinchando suavemente.

Llevando a Nora entre las ramas colgantes deja la silla de montar y aflojando los pantalones, se alivia contra un saliente de roca, cerrando los ojos para deleitarse con la sensación de alivio. Nora resopla asqueada por el hedor. Ha retenido el contenido de su vejiga durante demasiado tiempo.

En una de sus alforjas hay pan duro. Le da un mordisco, aprieta los dientes y mastica hasta que puede tragar. Sabe a cuerda vieja y seca, y se lo bebe con agua de su cantimplora. Su padre a veces llevaba whisky o centeno para beber en los viajes largos. Reuben aún no ha probado el whisky. Le gustaría haberlo hecho.

Volviendo a la sombra, pone una manta sobre la espalda de Nora antes de estirarse en el suelo. La segunda manta se la pone alrededor de los hombros. Aunque muchas piedrecitas se le clavan en la espalda, está cansado, el día es suave gracias al sol y pronto le pesan los ojos. En unos instantes se queda dormido.

Algo le obliga a despertarse. Un grito lejano le hace levantarse de golpe. Por un momento está desorientado. Se frota los ojos y mira a su alrededor. Nora se queda quieta, con los oídos aguzados. El sonido vuelve a sonar. Gritos agudos, demasiado lejos para reconocer las palabras individuales, pero lo suficientemente cerca como para que Reuben sepa que son las voces de varios hombres enojados.

Se levanta, se quita la manta y se sacude. Se dirige al lugar donde dejó las alforjas y saca la pistola de ardilla de su funda. Es una vieja pistola que le regaló hace unos años Floyd Henderson, uno de los ayudantes del capataz del rancho. Demostrando su talento natural, Reuben a menudo se dirigía a un terreno más alto, apuntaba al granero principal y disparaba a las ratas mientras corrían de un lado a otro. Henderson decía que era un "tirador infalible", lo que sea que eso significaba, pero él se deleitaba con los elogios del gran hombre. Nunca espera usar la pistola con rabia. Un temblor lo recorre.

Saliendo de su lugar sombreado, cruza hasta un afloramiento de rocas y se acomoda para observar.

A través del escarpado terreno, llega un hombre corriendo. Está semidesnudo, con una larga cabellera negra que se arrastra tras él como una cola de caballo. Sus pantalones son de tela áspera, posiblemente de piel de animal, y en su mano lleva un arco. Reuben aspira aire. Un indio. Henderson le dijo una vez que los Kiowas cazaban cerca y que si alguna vez veía alguno debía decírselo a sus padres de inmediato. Salvajes es lo que Henderson llama, pero Reuben nunca había visto a uno hasta ahora y, desde donde está en cuclillas, el hombre no parece muy salvaje en absoluto.

Corre con una gracia fácil por la nieve, su larga zancada relajada, su cabeza quieta como si estuviera en profunda concentración.

Teniendo en cuenta lo que se avecina detrás de él, bien podría ser el caso.

Hay un jinete que utiliza su sombrero para golpear la grupa de su caballo, instando al animal a seguir adelante. Sin embargo, no es este hombre el que grita y Reuben se esfuerza por ver si puede captar a alguien más en la llanura.

No hay nadie a la vista, así que vuelve a observar.

El jinete está ganando terreno al indio. El suelo bajo la nieve es traicionero, roto por rocas, grandes y pequeñas, esparcidas por todas partes, cualquiera de las cuales podría resultar peligrosa para el caballo. Su galope es torpe, el animal tiene cuidado, pero el jinete parece ajeno: "¡Vamos, insignificante inútil!". Pero el caballo no es estúpido, y Reuben no puede evitar reír.

Su diversión le abandona inmediatamente cuando ve que el jinete saca su pistola. Suenan varios disparos, ninguno de ellos da en el blanco, y Reuben ve que el indio aumenta su carrera. Se desvía de un lado a otro de una manera irregular e impredecible. Reuben comprende que es una forma de desbaratar la puntería del jinete. Y se pregunta, mientras observa, por qué el salvaje no se detiene, gira y dispara el arco.

Al enfocar, ve por qué. El salvaje no tiene flechas.

Entonces ve algo muy notable.

El indio se detiene. Se gira y espera, con los brazos colgando a los lados. ¿Piensa Reuben que se ha rendido? ¿Ha aceptado su destino y se ha resignado a la condena que le espera?

Pero no. Mientras el jinete se acerca, soltando disparos salvajes e imprecisos, el indio se mueve en el último momento, desviándose hacia un lado, cogiendo las riendas y tirando de ellas hacia abajo con violencia. La cabeza del caballo se inclina hacia un lado, y de su boca espumosa sale un grito aterrador. El jinete arremete con el revólver, ahora evidentemente vacío, pero, al igual que sus disparos, es imprudente y el indio le agarra del brazo y le hace girar en la silla. Ahora los tres, caballo, jinete e indio, comienzan una danza macabra mientras se mueven en un círculo cerrado. El caballo levanta grandes penachos de nieve en polvo y el jinete intenta desesperadamente liberarse. El indio consigue, por fin, arrancar al jinete del caballo que, desequilibrado y aterrorizado, se desploma. El indio salta hacia atrás para evitar la vorágine de miembros humanos y animales cuando ambos se estrellan contra el suelo.

El desventurado jinete, atrapado bajo el bulto de su montura, lucha frenéticamente. El indio se mueve ágilmente y el cuchillo aparece de la nada en su mano. El jinete afectado extiende la palma de la mano, y su voz, cuando habla, es quebradiza por el miedo. "Por favor", dice, "por favor, no". Pero el indio ignora las desesperadas súplicas del hombre. Rápido y decidido, hunde la pesada hoja en la carne del jinete, cortando su garganta. Le sigue una erupción de sangre negra y espesa, pero si este es el final, todos se equivocan.

De entre el aire blanco y escarchado aparecen más jinetes galopando hacia delante, gritando de rabia, con las armas desenfundadas. Sus disparos salen desviados pero, a medida que se acercan, no tardarán en alcanzar al indio por la disminución de su alcance. Reuben, que se agacha, fija sus ojos en la inquietante escena que se desarrolla ante él. Se debate entre intervenir o permanecer como observador impasible. Las historias de estos indios, los horrores que han perpetrado, pasan por su mente. Pero algo, la injusticia de lo que ve, le hace reaccionar. Levanta su rifle con la intención de asustar a los caballos con un disparo bien colocado entre sus cascos y obligarlos a desviarse. Esto podría dar al indio la oportunidad de huir o de pararse y hacer una lucha justa.

Reuben es bueno con su rifle.

Las ardillas se mueven rápido y él puede golpearlas desde cien pasos, a veces más. Y un caballo, es mucho más grande. Unos cuantos disparos uniformemente espaciados en el suelo entre las pezuñas de los animales los espantarán, tirarán a los jinetes quizás, como mínimo causarán confusión.

Enfoca el cañón, toma aire, se mide y dispara con tranquilidad.

A menudo recuerda ese momento. En momentos de tranquilidad, solo en su cama, las primeras horas tan negras, tan llenas de terror, revive cada detalle como si estuviera allí de nuevo. Y cada vez el horror no disminuye.

El primer disparo impacta en el suelo unos centímetros por delante del caballo líder. Exactamente como espera, el caballo grita, se encabrita y lanza al jinete fuera de la silla. Reuben no necesita comprobarlo para saber que el hombre cae al suelo de cabeza con tal fuerza que se rompe el cuello. Lo que sigue es peor. Cuando el cuerpo del hombre se estrella contra la dura tierra, la pistola que aún tiene en la mano se dispara. Reuben solo puede adivinar si se trata del ángulo o simplemente del destino. Sea cual sea la razón, el disparo erróneo alcanza en el pecho al jinete que le sigue y también cae.

El hombre se retuerce durante unos instantes antes de ponerse rígido, con un brazo congelado extendido hacia arriba como si se aferrara a algún medio invisible de ayuda.

No hay ninguno.

Dos hombres muertos en el espacio de un par de docenas de segundos.

Los jinetes supervivientes luchan por controlar a los caballos, que están aterrorizados. Se dan la vuelta y, espoleando los flancos de sus monturas y azotándolas con las riendas, se alejan al galope en medio de una nube de nieve y mucho miedo.

De pie, observando, Reuben lo intenta, pero se da cuenta de que no puede moverse. Con horror, se queda clavado en el sitio y ve cómo los dos caballos sin jinete corcovean y patalean mientras desaparecen en la distancia, dejando a los hombres muertos en el suelo.

El rifle se escapa de los dedos de Reuben. No reacciona. Tiene la boca abierta y los ojos sin pestañear, tratando de asimilar lo que ha hecho. Porque todo se debe a él. Su responsabilidad, su ciega estupidez al llegar a un plan tan mal pensado que solo podía resultar en un desastre. Le gustaría poder huir, pero no tiene fuerzas.

Y entonces algo silencioso y sin ser visto le presiona la espalda. Una mano fuerte le agarra por debajo de la barbilla mientras otra sostiene un cuchillo de hoja pesada contra su garganta.

Reuben siente que su estómago se revuelve.

Es el indio. Se ha acercado sigilosamente por detrás y ahora está a punto de matarlo.

Toda la fuerza abandona las piernas de Reuben y se dobla.

Pero la mano del hombre se desliza desde su garganta, lo agarra por debajo de la axila y lo sostiene. Presionando contra su oreja, una voz de acento grueso le dice: "No te desmayes por mí, muchacho".

Le da la vuelta a Reuben y lo mira fijamente. Reuben se siente atraído por esos ojos, hipnotizado por el momento, por el peligro. Quiere rogar, suplicar por su vida, hacer que este salvaje entienda, pero aunque forma las palabras en su mente, nada sale de sus labios. Es como si hubiera perdido el poder de hablar. Está a merced de este hombre.

"¿Por qué me ayudaste?"

La pregunta merece una respuesta. Reuben lo sabe y, sin embargo, no puede conjurar ninguna explicación. Teme que el salvaje pierda la paciencia, lo golpee y lo derribe.

"¿Eres mudo?" El indio inclina la cabeza. "No tengas miedo. Me has salvado la vida. No voy a hacerte daño. Pero si eres mudo... Dame una señal".

Este salvaje no es un idiota, ni un simplón torpe, sino un pensador, un hombre que comprende.

Reuben se aclara la garganta, un gran esfuerzo ya que cree que cualquier tipo de movimiento o reacción impulsará al salvaje a la acción. Así que espera y lentamente sus labios se separan. "Yo no... No quería matar a nadie".

"Estoy seguro de eso mi joven amigo. Pero lo has hecho. Eso significará que volverán. Más de ellos. Volverán y nos cazarán a los dos. Así que debemos dejar este lugar, atravesar el país y encontrar un lugar donde refugiarnos. No puedo volver a mi aldea. Hacerlo supondría un peligro para las mujeres y los niños de allí. Así que debemos irnos, solos. Coge tu rifle y corre conmigo. Mi nombre es Oso Pardo".

"Soy Reuben. Reuben Cole".

"Entonces, Reuben. Debemos irnos".

"Tengo a Nora. Podríamos montarla los dos".

"¿Ese regaño?"

"Puede que sea vieja, pero coopera".

"Confío en ti. No tengo muchas opciones. Me has dado el regalo de la vida".

Reuben agarra a Nora y se sube con cuidado a la silla de montar. Extiende un brazo y levanta a su nuevo amigo para que se siente detrás de él. Reuben es joven. El miedo y la incertidumbre le obligan a seguir adelante. Reza en silencio para que algo parecido mantenga la fuerza en las cansadas piernas de Nora.

CAPÍTULO DOS

Cabalgan a un ritmo constante, Reuben consciente de la edad de Nora. Todavía es fuerte, pero se esfuerza por soportar el peso de dos jinetes. Por ello, Reuben la trata con delicadeza, sin apremiarla cuando a veces flaquea. Aun así, cubren una buena distancia antes de que Oso Pardo, girándose para mirar a lo lejos detrás de ellos, sisee. "Veo señales de jinetes en persecución".

Sin decir nada, Reuben se desvía hacia la izquierda y se dirige a un gran grupo de rocas. Algunas son enormes y demasiado grandes para trepar, otras, sin embargo, les ofrecen suficiente cobertura para esconderse, y Reuben se dirige a ellas. Después de desmontar, lleva a Nora bien lejos de la vista. La manea, consciente de que cualquier sorpresa podría asustarla y obligarla a huir.

"Lo haces como si estuvieras acostumbrado", dice el indio. Se está acomodando detrás de una gran roca y hace la mímica de encajar una flecha. No tiene ninguna y, como para dar peso a este hecho, sacude la cabeza y baja la boca en seria contemplación. "Si hay que luchar, no prevaleceremos. Tú con tu arma de ardilla de un solo tiro y yo... Ni una flecha".

"Nuestra mejor opción es permanecer ocultos. Quietos y

callados, hasta que pasen. Entonces podríamos retroceder, confundirlos dispersando nuestras huellas".

El indio mira con los ojos muy abiertos a Reuben y sacude la cabeza. "¿Cuántos años tienes?"

"Casi quince".

"Hablas con la mente de alguien que te dobla la edad. Me alegro de que nos hayamos conocido".

"Me perdonarás si dudo en compartir ese pensamiento".

El indio se ríe antes de arriesgar una mirada desde la roca tras la que ambos se refugian. "Se están moviendo hacia el este. No son rastreadores".

Ahora es el turno de Reuben de reírse. "Suenas como un blanco por la forma en que hablas".

"He vivido con tu gente durante muchos años. He rastreado para el ejército de vez en cuando, he ganado suficiente dinero para cambiar por comida y equipo para ayudar a mi familia".

"¿Rastreaste para el ejército? ¿Cuándo fue eso?"

"Hace algunos años. Las cosas están cambiando, ya que la gente piensa menos en los ataques de los indios y más en la amenaza de luchar entre ellos".

"He oído que hay discusiones entre algunos estados y el gobierno. No sé mucho, solo lo que me dice papá. Dice que no está preocupado, ya que duda que si la lucha se presenta no se extenderá hasta aquí".

"Podría tener razón. Eso espero".

"¿Crees que será malo si se produce la lucha?"

"Creo que será muy malo". Se sumerge de nuevo detrás de la roca y estira las piernas. "Deberíamos esperar hasta el anochecer y luego volver por donde hemos venido". Guiña un ojo. "Como has sugerido, mi sabio amigo".

Reuben lanza un suspiro. "Podríamos intentar volver al rancho de mi familia. A nadie se le ocurrirá ir allí".

"Puede que no sea una buena idea".

"¿Por qué? ¿Porque eres indio?"

"Ellos preferirían la palabra salvaje, estoy seguro".

"Entonces estarías equivocado. Papá luchó en la Guerra de México. Me dijo que aprendió mucho sobre el respeto mutuo y la tolerancia durante esos tiempos".

"Y esas lecciones las ha transmitido a ti".

"Me gusta pensar que sí".

"Lo sé, joven amigo". Se inclina el sombrero sobre los ojos y se acomoda.

Reuben lo observa durante un rato antes de que él también se recueste, cierre los ojos y se quede dormido.

Es la mañana del funeral. Todos los que son alguien están allí, con Pa que parece haber sido congelado, está tan rígido. El doctor Miller está cerca, con la cara marcada por la preocupación, y Henderson también, con el eterno cigarro apretado en la comisura de la boca. Henderson lleva una pistola y me pregunto por qué. ¿Por qué lleva una pistola en un día como éste, en el funeral de mamá? Daisy, nuestra cocinera, también está allí, llorando sin cesar con su marido, Rolles, abrazándola con fuerza. Rolles es un hombre enorme. Lleva a cabo todas las tareas de la casa, limpiando, reparando, todo lo que Pa le diga. Nunca le he oído quejarse, pero tampoco le he oído hablar casi nunca. Hoy no es una excepción, salvo que sus rasgos faciales están arrugados por el dolor.

También está Benny Bean. No estoy seguro de que ese sea su verdadero nombre, pero así es como le llamo porque es alto y delgado, como un frijol. Sin embargo, creo que su nombre de pila *es* Benny. Visitaba a mamá todos los días cuando estaba en su lecho de enferma, y recuerdo que solía visitarla antes, sobre todo cuando papá estaba en el campo de tiro. Eso no me molestaba entonces porque no sabía bien lo que significaba, pero ahora soy mayor y empiezo a ver las cosas con más claridad que antes. Benny está más disgustado que nadie, incluso que Daisy. Las lágrimas ruedan sin control por su cara. Lleva un abrigo negro y unos pantalones a rayas metidos en unas botas de montar negras.

Lleva una fina corbata de cordones y una camisa de vestir blanca. Lleva en la mano el sombrero negro que suele llevar en la cabeza, una cabeza coronada con pelo gris hierro. Si alguien se preguntara quién es, probablemente diría que es el enterrador. Pero no lo es. Es el amante de mi madre. Eso lo sé ahora. Si lo hubiera sabido antes, no estoy seguro de lo que habría hecho. Mamá siempre fue feliz en su compañía. Nunca lo fue en la de papá.

Pero papá es un buen hombre. Puedo ver las lágrimas que brotan de sus ojos cuando el predicador, un hombre delgado y esquelético llamado Hotspur, llega al final de su oración. Alguien grita en algún lugar y busco entre los rostros para tratar de encontrar a quién, pero no puedo. Hay mucha gente aquí. Tal vez un centenar. Es un día frío, gracias al Señor, porque aquí fuera, expuesto a los elementos como está, el sol podría abrirte la cabeza como un huevo. Tal vez Dios está de nuestro lado, aunque a menudo lo he dudado. Especialmente ahora, con Ma partiendo de la forma en que lo hizo. Alguien dijo que era escarlatina, otro dijo que era viruela. No sé si lo sé. Todo lo que sé es que está muerta, y supongo que fue una especie de castigo por cómo se comportó. Me pregunto si papá sabía algo de eso. Miro hacia él. Ahora solo estamos papá y yo, y papá me asusta. La forma en que puede ser tan distante, tan frío. No creo que pueda recordar un momento en el que me haya abrazado, que me haya consolado. No como mamá, que siempre estaba ahí con esa encantadora y cálida sonrisa. Una sonrisa que perduró, incluso después de que Benny llegó a su vida.

Hay una refriega. Suena un grito de sorpresa. Levanto la vista y Pa está forcejeando con Benny y se estrellan contra el suelo. Avanzo y veo que Henderson saca su arma. Más gente grita y chilla, la asamblea se dispersa. Esto no debería ser así. No aquí, no ahora, con Ma ni siquiera sepultada.

"¡Por el amor de Dios, deténganse!"

Jadeo. Soy yo gritando. Mi voz suena tan aguda, tan enfadada, y todos miran. Benny se levanta con dificultad, sacudiéndose el polvo de su abrigo inmaculadamente planchado. Luego llega el chasquido de la pistola de Henderson al montar el martillo. Mis ojos se acercan al cañón mientras se traga toda la tierra, es tan grande. Va a hacer un enorme agujero en mi vida y acabará con la de Benny.

¿Cómo se ha podido llegar a esto?

Grito "¡No!" pero sé que es demasiado tarde y el gran cañón explota.

Reuben se incorpora, el grito muriendo en los labios. Empapado de sudor, ve a Oso Pardo recogiendo sus cosas, la normalidad de la escena hace que Reuben se despierte por completo. Aparta el horror de su pesadilla al fondo de su mente, se levanta, bosteza y se estira como un gato, gimiendo de placer. Se relame los labios y acepta agradecido la cantimplora de agua que le ofrece Oso Pardo. "Estabas soñando".

"Sí".

"Llorando". No sabía si debía despertarte. ¿Quién es Benny Bean?"

Reuben se encoge de hombros. No quiere entrar en nada de eso ahora. Bebe, se limpia la boca con el dorso de la mano y fuerza una sonrisa. "¿Cuánto tiempo hemos dormido?"

"Una hora, tal vez dos. Tú, mucho más".

"¿Qué, me dejaste seguir durmiendo después de haberte despertado?"

"Necesitabas el descanso". Alarga el cuello para contemplar el cielo. "Pronto anochecerá. Un buen momento para movernos".

En silencio preparan sus pertenencias, cargando a Nora que miraba con esos enormes y brillantes ojos marrones a Reuben como diciendo: "Por favor, tráteme con delicadeza, amable amo".

"¿En qué estás pensando?", pregunta el Oso Pardo, con una fina sonrisa en su rostro moreno y profundamente marcado.

"Cómo los animales nunca se quejan. Simplemente siguen

adelante con la vida". Sacude la cabeza. "Ojalá pudiera ser así a veces".

"¿Solo a veces?" Suelta un suspiro y vuelve la cara hacia el horizonte. "¿A qué distancia está tu rancho?"

"Medio día, pero con Nora cargada con nosotros dos, quizás más tiempo".

"Sería una tontería presionarla demasiado".

"Teniendo en cuenta eso, deberíamos estar allí mañana a última hora de la tarde, supongo".

"Tal vez tu padre no me reciba".

"Ya te lo he dicho: es tolerante, comprensivo. Es un hombre considerado".

Una sonrisa. Oso Pardo le indica a Reuben que debería montar y pronto se abren paso a través de la inmensidad de la llanura nevada, iluminada solo por el parpadeo de las estrellas.

CAPÍTULO TRES

"Son buenos".

Es una mañana tranquila, el aire es fresco y no se oye nada. Han cabalgado durante toda la noche y ahora están a una hora más o menos del rancho. Oso Pardo está de rodillas, leyendo las señales en la tierra. "Se han movido detrás de nosotros".

En el transcurso de las primeras horas, ya ha comenzado a mostrar a Reuben cómo leer varias señales. Cosas elementales, pero reveladoras para Reuben, que no sabía nada del significado de un trozo de helecho roto, una ligera impresión en el suelo. Ahora, sentado a horcajadas sobre su fiel Nora, Reuben siente que el estómago se le revuelve al cargar su escopeta para ardillas mientras estudia la expresión seria de Oso Pardo. El arma tiene un alcance óptimo de veinte pasos en el mejor de los casos. Necesita todo su coraje y habilidad si quiere hacer que cada disparo cuente. Traga con fuerza. "¿Cómo es posible?"

"Alguien de su grupo es un rastreador". Se levanta, presiona sus manos en la parte baja de la espalda y se estira. "Nos tenderán una emboscada, quizás desde allí". Señala una extensión de aulagas entremezcladas con relucientes afloramientos de roca.

"No veo ningún otro lugar desde el que puedan lanzar un ataque".

"¿Cuántos son?"

"Suficientes".

Reuben lanza un suspiro. "Entonces, ¿qué hacemos?"

"Cabalgaremos hacia el este. A una o dos horas de distancia está el río. Si podemos llegar allí, encontrar un lugar donde escondernos, podríamos tener una oportunidad. Una pequeña posibilidad, pero mejor que aquí a campo abierto".

"Pero si salen de su escondite y cabalgan tras nosotros, nos alcanzarán. Nora no puede superarles. Estaremos muertos".

"No tenemos elección, joven amigo. Estamos muertos de cualquier manera".

"Conozco esta tierra", dijo Reuben, apretando la mandíbula, "y antes de llegar al río está la cabaña de la vieja Ma Gracie. Podemos hacer una parada allí".

"¿Qué tan lejos?"

"Es difícil decirlo con certeza, pero está más cerca que cualquier otra cosa".

"¿Ayudará ella?"

"¿Quién? ¿Ma Gracie?" Reuben se ríe a pesar de la situación. "Falleció durante la Revolución, eso me dijo papá. Su cabaña es una ruina, sin techo. Probablemente estará llena de coyotes o mapaches, pero es lo mejor que podemos hacer. Pero creo que debemos caminar, no hacer ver que sabemos que nos están esperando. Podrían estar observando, y verán el polvo que levantará Nora si galopa".

"Eres más sabio que tus años, amigo mío. Si salimos de esta, te enseñaré todas las habilidades que conozco, desde sobrevivir aquí en el desierto hasta rastrear a tus enemigos. O incluso a tus amigos".

Sería bueno saberlo, piensa Reuben mientras baja de la silla de montar, acaricia la nariz de Nora y toma las riendas en su mano. "Gracias", dice y emprende lentamente el viaje por el descampado hacia la cabaña de la vieja Ma Gracie.

Ninguno de los dos se atreve a mirar hacia el lugar donde las aulagas y las rocas se alzan tan sombrías y silenciosas. Ambos saben lo que les espera allí. Reuben no podía ver ninguna señal de ellos, pero confía en su amigo indio. Dirigiendo su mirada hacia la nueva ruta que ha elegido, su paso es firme y su voz baja cuando habla. "Dime, Oso Pardo, ¿cuál es tu tribu?".

"¿Mi tribu?"

"Lo siento, ¿es una pregunta ofensiva? Nunca he... Lo siento, mi experiencia en la vida no se extiende a saber mucho sobre los indios".

"A mi *pueblo* lo llamarían Shoshone. Vivimos en pequeños grupos familiares y comerciamos con los colonos blancos al noroeste de aquí. Fue durante ese comercio cuando se produjo el primer problema".

"¿Problemas con esos hombres que intentaban matarte?"

Oso Pardo asiente. "Al principio parecían bastante razonables. Yo tenía pieles y tendones de búfalo y buscaba maíz y calabaza para comerciar. Normalmente, esas cosas son una formalidad. Muchos de aquellos con los que comerciaba eran conocidos míos y mis visitas eran bienvenidas. Pero esta vez las cosas habían cambiado. Estos hombres eran diferentes. El fuerte al que siempre iba ya no estaba allí. Bueno, el edificio estaba allí, las paredes, las torres, pero los soldados se habían ido. Se marcharon. Supongo que deben haber sido llamados por lo que está sucediendo en el este. Dejaron atrás una asamblea de hombres confundidos, perdidos, abandonados. Desesperados incluso. Hombres que iban a la deriva; hombres que ignoraban las reglas".

"¿Reglas? Pa siempre me dijo que no había reglas aquí, y ciertamente tampoco en los Territorios".

"No son reglas formales, sino más bien tácitas. Las que habían permitido que nuestras vidas continuaran sin prisa y sin peligro. Pero estos nuevos hombres, porque eso es lo que eran, no *respetaban* las formas aceptadas. Casi tan pronto como llegué al fuerte con mi mula de carga detrás de mí, me maltrataron e increparon. Me llamaron con nombres que ya había oído antes, pero nunca dirigidos a mí. Algunos de ellos me llamaron "Comanche asesino" y yo me esforcé por no mirar ni escuchar. Pero eso se hizo más difícil cuando me acorralaron. Seis de ellos. Hombres duros con ojos negros y llenos de odio. El mundo ha cambiado, mi joven amigo, y no creo que vuelva a ser como era durante muchos, muchos años".

"¿Pero por qué irían esos hombres a ese fuerte? ¿Qué hacían allí si no querían comerciar contigo?"

"Creo que huían de los problemas que se desarrollaban en su tierra natal. He conocido a muchos hombres así, cobardes, desesperados, hombres cuya única lealtad es su propia codicia. Donde muchos ven confusión y peligro, otros ven oportunidades. Esos hombres, eran ladrones. A los pocos momentos de mi llegada, sacaron sus armas, me bajaron del caballo y se dedicaron a despojar a mi mula de las pieles de búfalo. Mientras intentaba impedirlo, me golpearon, primero en el vientre y luego en la nuca. Me patearon mientras estaba en el suelo, sus pesadas botas se clavaron con fuerza en mi costado. Sabía que tenía pocas posibilidades de impedirlo, pero cuando uno de ellos me cogió por el cuello y me puso en pie, devolví el golpe. Conecté con su ingle y, mientras caía, le quité el arma. Actué con rapidez y de forma insensata porque, incluso cuando les ordené que se alejaran, sabía que eran demasiados. Se rieron, burlándose de mí, y en ese momento todas mis fuerzas me abandonaron. Bajé el brazo y uno, el hombre al que le disparaste, creo, me quitó la pistola y me dio tal golpe en un lado de la cabeza que sentí que descendía a un horrible pozo negro que se arremolinaba. Cuando volví en mí, todo había desaparecido".

"¿Te robaron tus pieles, tus bienes comerciales?"

"Todo. Incluso mi mula y mi caballo".

"¿Qué hiciste?"

"Esperé hasta el anochecer. Estaban bebiendo en una taberna desvencijada. Podía oírlos a ellos y a otros, riendo y cantando, borrachos de whisky. Encontré mi caballo pero mi mula... Habían matado a mi mula. Sin duda, les había dado una patada cuando intentaron descargarla. Siempre fue muy luchadora, y yo había aprendido a tratarla con cautela. Pero ahora yacía allí, con los ojos muy abiertos, la sangre negra alrededor de su cabeza".

Se quedó en silencio y Reuben lo estudió. El amor de este hombre por su animal era profundo, un hecho que a Reuben le pareció no solo conmovedor, sino también humillante. La idea de que un hombre así fuera calificado de "salvaje" no se contemplaría nunca más, por lo que a él respecta.

Al cabo de unos instantes, Oso Pardo respiró entrecortadamente. "Las pieles habían desaparecido, por supuesto, pero mi rollo de manta, mi carcaj y mi arco seguían allí. No esperé, sino que me subí al lomo de mi caballo y me lo llevé con cuidado".

"Pero te alcanzaron".

"Más rápido de lo que pensaba. Dispararon a mi caballo por debajo de mí... El resto ya lo sabes".

"¡Pero si te han robado la mercancía! ¿Qué derecho tenían a cazarte como...? Como no sé qué, porque cualquier animal tiene más gracia y piedad de la que ellos parecen tener".

"¿Piedad? ¿Crees en el Gran Espíritu, amigo mío?"

"¿Gran Espíritu? No estoy seguro de saber qué significa eso".

"Creo que significa lo mismo que tu dios".

Reuben no sabía qué pensar. La historia de Oso Pardo le hizo recordar el asesinato, accidental o no, de aquellos hombres. Se estremeció cuando las imágenes pasaron por su mente. Tenía catorce años y era un asesino de hombres. ¿Cómo iba a superar eso?

CAPÍTULO CUATRO

Mucho más tarde me enteré de que papá se estaba volviendo loco de preocupación por dónde me había metido.

Mientras Oso Pardo y yo recorríamos las llanuras, papá se paseaba por su estudio, retorciendo sus viejos y maltrechos guantes de cuero entre los dedos, con el viejo Lance, el jefe del campo de tiro, y Henderson, su ayudante personal (nunca llegué a descubrir lo que eso suponía para él), mirando, masticando el cigarro sin encender que parecía no tener fin.

"Ya ha salido antes", había dicho Lance.

"¡Nunca en toda la noche! Tiene catorce años".

"Él es duro", había añadido Henderson.

"Duro o no, está ahí fuera solo. Podría haberle pasado cualquier cosa".

"Entonces, ¿qué quiere que hagamos, jefe?" había preguntado Lance.

"No puedo dejar a Gwyneth. No ahora con ella estando tan... Tan cerca del final y todo eso".

"Me doy cuenta". Lance dio un gran suspiro y se colocó el sombrero, alisando el ala. "Saldré con un par de muchachos. Sabemos más o menos la dirección que tomó, y pronto encontraremos su rastro. Trate de no preocuparse. Lo traeremos a casa".

Papá se había dejado caer en su silla, mirando al espacio, con los ojos húmedos de lágrimas. "Te lo agradezco, Lance. Es un momento difícil para todos nosotros".

"Probablemente la razón por la que el chico salió", añadió Henderson, haciendo rodar el cigarro de una comisura de su boca a la otra. "Todos reaccionamos de diferentes maneras".

Lance inclinó levemente la cabeza y se fue, con las espuelas cantando mientras cruzaba el piso de madera.

"Le daré una paliza cuando lo traigan de vuelta", dijo mi padre con los dientes apretados. "Salir a caballo en un momento así...".

"El chico no sabe cómo afrontarlo. Tú tampoco, Saúl. Necesitas descansar, dormir un poco si puedes. Tus nervios están destrozados".

"¿Cómo se supone que voy a dormir en un momento así?"

"Inténtalo. Iré a casa del doctor Miller y te traeré un polvo o algo así".

"No necesito ningún maldito polvo; necesito de vuelta a mi mujer y a mi hijo".

"Aun así, iré a visitar al doctor. Tómatelo con calma hasta que vuelva".

Henderson se había dado la vuelta para irse cuando papá gritó: "¿Crees que estará bien? Hay indios ahí fuera".

"No tantos. Los Comanches se están moviendo más al sur".

"Arapahos. Siempre hay Arapahos".

"Jefe, por favor, trate de no alterarse demasiado. Lance dijo que lo traería a casa y Lance es el mejor que hay".

"Lo sé, pero estoy preocupado. He oído que Fort Defiance ha sido abandonado y que hay grupos de comerciantes pululando por ahí sin nada que hacer salvo causar problemas. Me preocupan aún más que los Arapahos".

"Lance se encargará de cualquier problema. Si quiere, puedo ir a Defiance y comprobarlo".

"No, no, te necesito aquí ahora mismo. Vamos a esperar y ver".

"Es lo más sensato que ha dicho en mucho tiempo. Sé que no es fácil, pero no siempre será así".

"Siempre optimista".

"Más bien realista, Saúl".

Y con eso se fue a cabalgar a casa del doctor Miller, dejando a Pa con sus pensamientos y sus preocupaciones, ¡la mayoría causadas por mí!

CAPÍTULO CINCO

Llegan a una hondonada amplia y poco profunda en el terreno suavemente ondulado. Un telón de fondo de árboles oscuros parece actuar como una división impenetrable entre la llanura escasa e implacable y lo que hay más allá. No es esto lo que llama la atención de Reuben. Sus ojos se fijan en la cabaña rota y ennegrecida, con el tejado derrumbado, las ventanas de persianas, abiertas de par en par y en el porche hundido, una vieja mecedora podrida. Los fantasmas se mezclan con la maleza que ha infestado las cansadas maderas; fantasmas del pasado, de familias olvidadas, de una vida sencilla pero satisfactoria en una tierra llena de esperanza y promesas. De una vida que salió mal. Porque este lugar no ha sido habitado durante generaciones y, a medida que se acercan, Reuben siente esa sensación familiar de presentimiento que se desarrolla en su interior.

Han caminado mucho. A Reuben le duelen las piernas, pero ahora todo está olvidado. "No parece muy amigable, ¿verdad?"

A su lado, Oso Pardo observa los alrededores. "Esos árboles podrían esconder un ejército entero".

"¿Crees que lo hacen?"

"Tal vez no en este momento". Fuerza una sonrisa, con un

blanco intenso en su rostro bronceado y profundamente marcado. "Nuestro enemigo está detrás de nosotros, joven amigo. Ya se habrán dado cuenta de que no vamos a ir a su emboscada. Creo que nos irá mejor aquí contra un ataque".

"¿Pero qué podemos hacer contra ellos con solo una escopeta de ardillas para defendernos?"

"Buscaré en el bosque algo para hacer flechas". Acaricia el cuchillo de hoja ancha en su cadera. "No tenemos mucho tiempo, pero haré lo que pueda. Mientras tanto, esconde a Nora entre los árboles y haz lo que puedas en el interior de la cabaña. Utiliza todo lo que encuentres para ayudar en la lucha que se avecina". Se detiene y sonríe. Para Reuben, parece una cálida sonrisa de ánimo. "Intenta no tener miedo. Si no hacemos estas cosas, nos matarán sin perder un latido".

Reuben sabe que es la verdad, pero aun así no puede sofocar los latidos de su corazón, ni las horribles náuseas que se cuelan en sus entrañas. Desearía ser mayor, más fuerte. Más que nada, desearía haber traído el flamante rifle de repetición Spencer de papá. Papá había estado tan orgulloso de él cuando llegó, el mensajero estaba tan impresionado mientras observaba a papá desmontando el embalaje. Luego el silencio. Papá lo recogió y lo contempló como si fuera un amor recién descubierto. Lo que tal vez era. Salía a disparar cada mañana. Y ahora estaba en un armario en el salón principal y Reuben anhelaba tenerlo a su lado. Eso igualaría las probabilidades.

Suspirando, se dirige a la cabaña después de manear a Nora y atarla a un árbol a unos diez pasos dentro del bosque. Al llegar a la parte trasera de la vieja cabaña, se gira y comprueba. No puede ver a Nora. Sonríe. Al menos algo ha salido bien.

De Oso Pardo no hay ni rastro. Como uno de esos fantasmas sobre los que Reuben había rumiado, el indio se ha desvanecido en el aire. Se maravilla de la capacidad del hombre para desaparecer simplemente. Eso también le asusta.

En la puerta, se detiene y entrecierra los ojos en la oscuridad.

Incluso el cielo, que se filtra desde los restos de las vigas, apenas puede penetrar en la penumbra.

Apenas puede distinguir el caos que reina en el interior. Hay muebles rotos tirados al azar en todas las partes de la habitación principal; varias ollas y sartenes y vajillas rotas yacen esparcidas en los huecos. La chimenea, muerta hace tiempo, está llena de montones de ceniza, hojas podridas y ramas secas, todo ello retorcido por escarabajos y una miríada de otros insectos y bichos. Cuanto más mira, más se da cuenta de que el suelo, hecho de tierra compactada, se mueve con toda una nación de criaturas. Este nunca podría ser un lugar para habitar, pero podría servir como un lugar para defenderse.

Si no fuera por el techo abierto, por supuesto.

Contempla las porciones de azul que logran abrirse paso y piensa que esto habría sido alguna vez un lugar bueno y hogareño. Hace mucho tiempo. Antes de que los rigores de la vida fronteriza le quitaran los sueños que una vez impulsaron a la gente a venir y establecerse en esta parte del mundo. Su coraje y fortaleza, piensa Reuben, son dignos de admiración. Esas cualidades son las que espera que le lleguen en el transcurso de las próximas horas.

Dejando a un lado sus muchos pensamientos conflictivos, comienza a formar un anillo defensivo, bloqueando las dos ventanas abiertas que flanquean la puerta con palos de madera vieja. Deja suficientes huecos a través de los cuales puede apuntar su rifle. Luego, para la propia puerta, apila los muebles que sean lo suficientemente grandes en el espacio. La puerta ha desaparecido hace tiempo. La entrada abierta será, aparte del techo, el principal punto débil de las defensas.

Sin embargo, hay otra puerta en la pared del fondo. Puede que, según cree Reuben, conduzca a un dormitorio. Antes de cerrar completamente la puerta para que Oso Pardo pueda entrar, Reuben se acerca a la puerta cerrada y la empuja para abrirla.

Las antiguas bisagras crujen y gimen, pero al final, chirrean hacia dentro.

Se para y por un momento no puede creer lo que ve.

Entonces la pesadilla se convierte en una horrible realidad y él grita.

CAPÍTULO SEIS

Más tarde me enteré, mucho más tarde, de que Lance y dos de los miembros del equipo de campo llegaron a Fort Defiance más o menos al mismo tiempo que Oso Pardo y yo hacíamos todo lo posible por preparar la cabaña.

Hacía frío cuando llegaron allí y los hombres estaban abrigados, lo que les facilitaba mezclarse con los demás que vagaban sin rumbo por el interior del fuerte. Había una atmósfera de desesperación en el lugar, toda la dirección y el sentido del propósito habían desaparecido. El fuerte estaba cargado de un ambiente pesado y todos hablaban de la guerra que se avecinaba. Era como si se hubieran rendido a la inevitabilidad de que el desastre estaba a punto de llegar y cambiar las vidas para siempre.

Lance buscó el único edificio que seguía prosperando: la taberna. Aunque llamarlo taberna era una exageración. Lance explicó más tarde cómo el mostrador consistía en dos largas tablas, tal vez viejas puertas, colocadas sobre cuatro barriles. Había un montón de botellas dispuestas en la pared detrás de la barra improvisada y un espejo desconchado. Quienquiera que dirigiera el lugar se había esforzado en que pareciera lo más normal posible. Los hombres se apretujaban, todos ellos bebiendo cerveza y whisky, mientras en un rincón una pequeña banda de violinistas tocaba una serie de brillantes rollos escoceses. En general el ambiente era agradable y, dadas las circunstancias, sorprendente. ¿Sabían algo que él no sabía? Se preguntaba Lance.

Al pedir las bebidas para él y sus acompañantes, Lance estudió los numerosos rostros de los que se agolpaban en la sala, todos ellos sonrojados por la bebida.

"Uno pensaría que están celebrando".

Lance miró a uno de sus compañeros, Nils Lofgren, que, al igual que Lance, escudriñaba los alrededores.

"Ahora que el ejército se ha ido", dijo Lance, "sienten que les han soltado la correa".

"Acabará en problemas".

"Sin duda. Quiero que circules, que intentes averiguar cualquier cosa sobre Reuben. Mira si algo inesperado o fuera de lo común ha sucedido en el último día o así. Podríamos ser capaces de recoger algo. Una pista. Cualquier cosa".

Nils se quitó el sombrero y desapareció entre la multitud de gente que los rodeaba.

"¿Qué quiere que haga, jefe?"

Lance asintió a su segundo compañero. "Date una vuelta por el exterior, Mitch. Es un fuerte grande, con muchas habitaciones, establos, dependencias y oficinas. Puede que encuentres algo. Saldremos dentro de una hora sea cual sea el resultado y seguiremos el rastro".

"Si podemos".

"Lo haremos. No estoy seguro de que Reuben viniera por aquí, pero creo que debe estar cerca. Si se ha metido en problemas, este sería el lugar lógico al que dirigirse. Es bien conocido y estoy seguro de que Reuben podría encontrar el camino si tuviera que hacerlo. Es bastante sensato".

"¿Y si son indios, jefe?"

"Su padre estaba preocupado por eso, pero no ha habido informes de problemas de Arapahos durante mucho tiempo. Los

Comanches han seguido adelante y ellos también lo harán, supongo. Especialmente cuando comiencen las hostilidades".

"¿Crees que llegaremos a eso?"

"Las noticias que llegan de Carolina parecen sugerirlo y junto con las fuertes palabras de Lincoln, creo que es una certeza".

"Pero Carolina no podrá resistir por sí sola".

"No". Lance miró fijamente su vaso de whisky. "Estamos mirando el cañón de un arma cargada, Mitch. Creo que está a punto de dispararse". Suspiró y escurrió su bebida. "Ahora ve a ver qué puedes encontrar".

Mitch Knowles se ajustó el cinturón de su pistola y salió al exterior. Durante unos instantes, Lance observó la espalda del hombre en retirada antes de girar hacia el mostrador.

Después de algunos tragos más, los tres hombres se reunieron fuera, en la polvorienta plaza del desfile. Los edificios, escuetos y blanqueados por el sol, les rodeaban por los cuatro costados. A pesar de la continua algarabía que se filtraba desde la taberna, una atmósfera de soledad impregnaba todas las paredes de adobe.

Lance se dirigió hacia donde los caballos estaban enganchados contra una barandilla caída. "¿Algo?"

"Hubo un incidente", dijo Mitch, "pero nada que ver con Reuben".

"¿Cómo lo sabes?"

"Tuvo algo que ver con un indio".

"Eso es lo que obtuve", dijo Nils. "Parece que este indio llegó con algunas pieles y se metió en una pelea con un grupo de vagabundos. Ellos se opusieron, le dieron una paliza y luego le dispararon a su mula".

"¿Dispararon a su mula? ¿Por qué harían eso?"

Nils se encogió de hombros. "Deporte, supongo. Ya conoces el tipo, Lance. Malos, aburridos, que buscan ganar dinero rápido siempre que pueden. No dan mucho por nadie ni por nada, salvo por ellos mismos".

"¿Mataron al indio?"

"No. Parece que se escapó y salieron en su búsqueda".

"¿Y eso es todo?"

Nils se encogió de hombros y se lio un cigarrillo con el tabaco de la bolsa que llevaba en la cintura. "Nadie ha dicho nada más, Lance. Esto es la parte de atrás del más allá y de eso no hay duda".

"Eso es todo", dijo Mitch. "Podría ser una idea seguir al indio. Si se dirige al otro lado de la región, podría haber una oportunidad de encontrarse con Reuben".

"¿Y también esos canallas que corren detrás? ¿Es eso lo que piensas, Mitch?"

"Es todo lo que tenemos, Lance".

"Si lo que dices es cierto, el joven Reuben está en un océano de problemas".

"Podría ser".

"Entonces cabalgamos. Y cabalgamos ahora mismo".

CAPÍTULO SIETE

Reuben coge la cantimplora y bebe con ganas.

"Nunca había visto nada como esto", dice Reuben, y jadea mientras saca la cantimplora de sus labios.

Oso Pardo se queda parado en la puerta de la habitación, sin poder hablar durante unos instantes.

Una mujer, que puede haber sido joven o no, está sentada en una cama desvencijada que casi llena la habitación, de espaldas al cabecero, con los ojos muy abiertos y sin vida. Su vestido sucio y harapiento está cubierto de sangre negra y seca. En el centro de su pecho hay un enorme agujero.

Lleva tanto tiempo muerta que ya no queda ningún olor a putrefacción. La piel tiene la consistencia de la cera, la boca apretada, los dedos extendidos como en los últimos momentos de súplica, los nudillos anudados como una cuerda dura. Quienquiera que haya cometido este acto espantoso la dejó en la agonía hace tiempo, para que se desangrara sola.

"Tendremos que enterrarla", dice Reuben.

"No podemos".

"*¿No podemos?* No sé nada sobre tus creencias o religión, o si siquiera tienes una, pero no podemos dejarla así sin enterrarla y..."

Oso Pardo pasa a su lado y se detiene. Escucha, la cabeza ligeramente inclinada hacia un lado, una sola mano levantada impide que Reuben continúe.

"¿Qué es?"

Oso Pardo agita la mano, instando al joven Reuben a dejar de hablar. Reuben se esfuerza por escuchar pero no hay nada.

"Ya vienen", dice el indio y saca su arco. Ha fabricado varias flechas con lo que ha encontrado entre los árboles. Las puntas están afiladas con su cuchillo y las colas amarradas con plumas. Puede que las flechas no estén perfectamente rectas, pero parece satisfecho con ellas. Sus ojos se estrechan al mirar a su joven compañero. "Quédate aquí. Escóndete, quédate quieto. Solo dispara cuando estés seguro de dar en el blanco".

Reuben siente que su estómago se revuelve. "Pero... Tú... ¿Dónde estarás?"

"Me mantendré fuera de la vista, para golpearles desde un lado, causarles confusión y miedo. Entrarán en pánico, cometerán errores. Es nuestra única oportunidad. Hay seis de ellos".

"¿Cómo lo sabes?"

"He contado sus caballos".

Antes de que Reuben pidiese más explicaciones, Oso Pardo camina silenciosamente por el suelo roto, desapareciendo entre los árboles. Es como si nunca hubiera estado allí, un fantasma.

Reuben está solo, el único sonido es el de su respiración.

Necesita correr, no dejar de correr hasta llegar a casa. No le importa que su padre se enfurezca, que se ponga en huelga. Sabe que esto sucederá. Subirá las escaleras y se arrodillará de nuevo junto a la cama de su madre, imaginará su pecho subiendo y bajando como si fueran clavos oxidados traqueteando en un cubo de hojalata. Su piel brillando de sudor. Sus labios apretados, azules, revoloteando. Puede que ella le vea. Él no lo sabe.

Cualquier cosa aunque todo sea un sueño. Un deseo.

Cualquier cosa que no sea aquí y ahora, esperando que los hombres vengan. Asesinos.

Huele con fuerza y se pasa el dorso de la mano por la nariz. Tiene frío. Desearía tener un abrigo, pero nunca pensó que estaría tanto tiempo fuera de casa. ¿Por qué se fue? Es una estupidez. Una idea estúpida. Estúpida más allá de lo creíble.

Se oye el fuerte chasquido de una rama. Un caballo relincha. Reuben mira a su alrededor y no ve nada. Se escabulle hacia el interior y saca su escopeta para ardillas. Está cargada, lo que es una bendición porque sus manos tiemblan incontrolablemente, y sabe que no podría meter la única bala por el cañón. Pólvora. Tiene pólvora. ¿Pero tiene la fuerza? ¿Es lo suficientemente valiente? Disparar al hombre de antes, fue pura suerte. O más bien mala suerte. Pero nada de lo que planeaba hacer. Esto, esto es un esfuerzo completamente nuevo. Planeado. ¿Está a la altura?

Se están acercando. Atraviesa la mesa volcada y bloquea la entrada. Se agacha y recuerda lo que hay en el pequeño dormitorio detrás de él. La mujer muerta. La mujer asesinada.

Otro escalofrío. Se acurruca detrás de la mesa y sostiene el arma. Cierra los ojos y se esfuerza por controlar su respiración. Tal vez pasen de largo. Tal vez esto no sea más que un sueño. Una terrible pesadilla que...

"Oye Brady, lleva a Tims y a Coltrane por detrás. Wyler, mantén los caballos aquí. Billy-Joe, echa un vistazo dentro".

"*¿Yo?* ¿Por qué demonios no entras, Banner?"

"Estaré justo detrás de ti, Billy-Joe, así que no te pongas a lloriquear, ahora no".

"No me voy a poner a lloriquear, solo te pregunto por qué no puedes..."

"Y te he dicho por qué, ahora hazlo antes de que pierda la paciencia contigo".

El corazón de Reuben late en su garganta y en sus oídos. Está sediento, confundido, sin saber qué hacer. ¿Debería quedarse quieto o levantarse y disparar a ese Billy-Joe cuando se acerque al porche? No lo sabe, y la indecisión lo deja inmóvil. Se sienta, temblando. Sabe que el reloj de su vida, apenas iniciado, está llegando a su fin.

CAPÍTULO OCHO

Esto me lo dijo Oso Pardo mucho más tarde. Es como él lo vio y no tengo forma de confirmarlo o rechazarlo, pero lo que sí sé es que estamos vivos. Y es gracias a él.

Tres hombres desmontados llegaron pisando fuerte por el bosque, haciendo más ruido que los búfalos desbocados. En su arrogancia, debían de creer que no había nadie o, si lo había, que no pasaría nada. Su plan, por lo que se podía entender por esta marcha descuidada y despreciativa, era rodear la parte trasera de la vieja cabaña, evaluar cualquier peligro y luego asaltar por la retaguardia. Tal vez trepar por el tejado, introducirse en el interior a través de los agujeros y despachar a quienquiera que estuviera dentro. Debían creer que su presa estaba allí, temblando de miedo, con los miembros congelados por el terror, incapaces de responder.

Se equivocaron.

Una flecha alcanzó al hombre principal en la garganta. Durante un horrible segundo, todo se detuvo, la pura conmoción del ataque fue incomprensible para todos los que lo vieron. Al cabo de unos segundos, el hombre herido responde, con arcadas, arañando desesperadamente la flecha en un vano esfuerzo por sacarla. La sangre le cubre la mano y cae de rodillas, con los ojos desorbitados de terror. A su alrededor, sus compañeros se separan y corren en direcciones opuestas, disparando sus armas, pero es dudoso que el hombre afectado sea consciente de ello. Se dobla hacia delante, con la cara pegada al suelo impactado, y no vuelve a moverse.

Oso Pardo también se mueve. No espera a ver el éxito de su primera flecha. A diferencia de los otros, se mueve con la gracia de un gamo, saltando ágilmente los árboles caídos, haciendo sombra a uno de los otros. Se acerca a él en silencio. El hombre se apresura a introducir la gorra y la bala en su pistola, pero es un proceso largo, y reacciona demasiado tarde a las pisadas que se producen detrás de él. El cuchillo le atraviesa la espalda, penetrando profundamente, cortándole los pulmones. Pronto se agita ineficazmente. La hoja se retira y él cae. Vuelve a golpear, dos, tres veces. Golpes despiadados, asestados con una precisión aterradora, que destruyen los órganos internos y envuelven el cuerpo del hombre en sangre. Muere entre las hojas caídas y las ramas esparcidas, y Oso Pardo libera al hombre de su arma antes de alejarse para buscar otra presa.

En unos instantes lo encuentra. Sentado en un árbol caído, el hombre está recargando febrilmente su pistola. Levanta la cabeza cuando Oso Pardo aparece de entre los árboles. Balarea como un cordero recién nacido llamando a su madre. Extendiendo las palmas de las manos, sacude la cabeza, implorando: "¡Por favor, no, no!". Pero Oso Pardo conoce a estos hombres. Conoce su tipo. Le quitaron todo, mataron a su mula, y ahora les toca morir a ellos.

Dispara al hombre, vaciando la pistola que sostiene hasta que el hombre no es más que un amasijo de heridas abiertas.

Tira una pistola y la sustituye por la otra. Completa rápidamente la recarga, coge más pólvora, la tapa y la bola, y se escabulle de nuevo en el oscuro bosque para volver a la cabaña y dar una oportunidad al chico.

CAPÍTULO NUEVE

Reuben oye el sonido de los disparos. Está sorprendentemente cerca, y la incertidumbre y el miedo se apoderan de él. ¿Qué significa? Oso Pardo no posee un arma. ¿Podrían esos hombres que se abren paso por el bosque haberse topado con el indio y haberlo matado?

Reuben no tiene forma de saberlo, así que se sienta acurrucado detrás de la mesa volcada y espera.

No tiene que esperar mucho.

Hay más disparos. Uniformemente espaciados, no salvajes como antes. Solo debe significar una cosa: le dispararon a Oso Pardo. Muerto. Se acabó.

Y entonces escucha las voces urgentes que vienen del exterior.

"¡Billy-Joe, deja de dar rodeos y métete en esa cabaña!"

"Pero esos disparos vienen de los árboles, Banner, ¿no será mejor que lo comprobemos?"

"Lo haremos, tan pronto como hayas revisado esa cabaña. ¡Ahora vete!"

Aspirando un gran aliento, Reuben se pone de pie, con la culata de la escopeta de ardilla en el hombro, el delgado y largo cañón apuntando infaliblemente hacia el larguirucho de pelo amarillo que está parado a menos de media docena de pasos de él.

No puede fallar.

No lo hace.

La escopeta de ardilla estalla y su única bala de pequeño calibre golpea al hombre en la garganta, haciéndole volar hacia atrás, con los brazos abiertos en un intento de mantenerse en pie. Cae al suelo y se retuerce en la agonía, luchando desesperadamente por detener el flujo de sangre que burbujea de la herida.

Reuben se queda boquiabierto ante lo que ha hecho. El asesinato deliberado de otra persona. Su rifle cae de las manos entumecidas y temblorosas cuando la enormidad del acto lo supera.

Otro hombre, mucho más viejo, se encuentra a unos diez pasos más allá del moribundo. Está mirando con incredulidad lo que ha sucedido antes de que sus ojos miren hacia arriba y se fijen en los de Reuben.

Un pequeño grito se filtra entre los labios del joven cuando el hombre saca su arma. Escucha el lento y deliberado amartillado del martillo y cierra los ojos preparándose para lo inevitable.

Pero no hay nada más que un silbido reprimido. Algo corta el aire y Reuben abre los ojos para ver al hombre que se da la vuelta y corre, agitando la mano del arma y gritando hacia otro hombre que lucha por controlar su caballo: "¡Salgamos de aquí, Wyler! ¡Hay demasiados!"

Reuben observa. El hombre llamado Wyler trata de alejar a su aterrorizado caballo, mientras tanto agita la mano hacia el otro, instándole a que se aleje.

"¡Monta, Banner! Rápido, maldita sea. ¡Rápido!"

Todos los caballos están nerviosos, el sonido de los disparos les hace relinchar y gemir, descontrolados. En medio del caos de los caballos cada vez más alarmados, el hombre llamado Banner logra evitar ser pateado. Se sube al lomo del caballo más cercano justo cuando Oso Pardo sale de entre los árboles para soltar otra flecha. Ésta alcanza al primer hombre, Wyler, en lo alto del hombro izquierdo. Éste grita mientras lucha por controlar el caballo que monta. Banner espolea a su montura, toma las riendas de Wyler y sale disparado. Ambos salen al galope, con los caballos abandonados en un frenesí, golpeando en varias direcciones, sin jinete, confundidos y aterrorizados.

Reuben, temblando, no puede encontrar ninguna palabra mientras el indio se presenta ante él; y de repente, cae en los brazos de su nuevo amigo, sin fuerzas en las piernas.

CAPÍTULO DIEZ

No puede decir cuánto tiempo ha dormido. Si es que su estado de inconsciencia puede calificarse como tal. Es un sueño diferente a cualquier otro que haya experimentado. Lleno de imágenes violentas. De hombres, ensangrentados, gritando, pidiendo clemencia, clamando a Dios por el perdón, la salvación, cualquier cosa. Y Reuben se encuentra entre una masa de cuerpos que se retuercen, con el rifle en alto, riéndose de su sufrimiento. Pero entonces, mientras la sangre corre sin control por sus brazos hasta gotear de los dedos rígidos, es repentinamente consciente de lo que le rodea y él también recoge la cacofonía de los gritos.

Alguien le sacude, y él se despierta, alarmado, y se sienta.

El rostro de un hombre se acerca y ocupa toda la extensión de su visión. Un rostro ancho y plano. Profundamente marcada, la carne tiene la consistencia del cuero marrón.

"¡Reuben, amigo mío, despierta!"

Reuben aparta los brazos del hombre y mira a su alrededor, desorientado, asustado. "¿Dónde estoy? ¿Dónde está papá? ¿Qué está pasando?"

Se esfuerza por ponerse en pie, pero le quedan pocas fuerzas en sus extremidades y vuelve a desplomarse, golpeándose la espalda contra la gran roca que tiene detrás. Hace una mueca de dolor y aprieta los dientes para reprimir el grito que le sale de la boca.

"Reuben, creo que tienes fiebre. Traída por los horrores que has presenciado".

El hombre está en cuclillas y parece preocupado, con el ceño fruncido en su rostro escarpado. Reuben cree conocerlo, pero su mente está confusa y sus sentidos se tambalean. Algo le corroe la conciencia. Algo terrible ha sucedido. "Oh, Dios mío..."

"¿Me conoces? ¿Sabes dónde estás?"

A su alrededor, la inmensidad de la llanura se extiende en todas las direcciones. Hay poca cobertura aquí, algunos macizos de salvia, algunas rocas y pedregales dispersos, pero esencialmente se trata de una tierra amplia e interminable que no le da ninguna pista sobre su paradero. A lo lejos, la mancha púrpura de las montañas y por encima de ellas la inmensidad del cielo, deslavado, sin nubes. "No estoy cerca de casa".

"Lo estás, amigo mío. Te he sacado de la cabaña y hemos cabalgado en dirección al rancho de tu padre. No podemos estar muy lejos, no ahora. Hemos cabalgado quizás tres horas".

"Tres horas... No entiendo..."

"Estás conmocionado, mi joven amigo, y tu memoria está afectada. Es comprensible después de lo ocurrido".

"¿Sucedió? ¿Sucedió con qué? No sé de qué estás hablando. Ayúdame a levantarme, ¿quieres?"

Reuben extiende la mano y agarra los brazos del hombre. Los siente duros y fuertes bajo sus dedos. Los músculos se flexionan y el hombre lo pone en pie. Reuben se pone de pie, balanceándose ligeramente, y se esfuerza por orientarse. "¿Me han golpeado? ¿Me han herido de alguna manera?"

"No en las formas de la carne, no. Pero en otras formas, creo que lo has sido. Te llevará algún tiempo recordar, pero trata de no pensar demasiado en eso. Los recuerdos volverán a su debido tiempo".

"¿Qué recuerdos?" Se pasa la manga por la frente. "Lo que

dices no tiene sentido. ¿Dónde estamos, maldita sea?" Se libera del agarre del hombre y se pone de pie y se queda boquiabierto. "¿Quién eres tú? ¿Por qué estás conmigo?"

"Mi amigo". El hombre parece alarmado, sus ojos están llenos de preocupación, quizás incluso de miedo. "¿No recuerdas nada?"

Reuben se arremolina y arremete contra cualquier número de enemigos invisibles que presionan a su alrededor. "¡Déjenme en paz!"

Y entonces el hombre le agarra por el hombro y le hace girar. "¡Silencio! Unos jinetes se acercan".

Reuben da un traspié hacia atrás. Golpea la gran roca y tropieza. Desequilibrado, los sentidos fuera de control, trastabilla. De alguna parte llega un fuerte grito, una voz desde lo más profundo de su memoria. Una voz que conoce.

"¡Reuben!"

En medio de grandes nubes de polvo, llegan los hombres, luchando con los caballos que resoplan y patalean. Reuben está de espaldas en la tierra. Mira a través del desorden de hombres, caballos y tierra removida para ver a uno de los jinetes golpeando con la pistola al otro hombre, el de la cara morena. El hombre moreno cae y un segundo hombre golpea con la culata de su carabina el costado de la cabeza del hombre caído.

"Átenlo", ruge el hombre que Reuben cree conocer. Es un hombre de aspecto amigable, y se acerca, con las manos extendidas para ayudar a Reuben, con una cálida sonrisa en su rostro. "Reuben", dice en voz baja, "está bien, ahora estás a salvo. Vamos a casa".

CAPÍTULO ONCE

Hay un ambiente extraño y deprimente en la casa. Reuben está en la puerta y allí está Pa medio corriendo hacia él, con las lágrimas rodando por su cara. Rodea a su hijo con los brazos y lo abraza. "Oh, gracias a Dios que estás a salvo", dice, con la boca pegada al cuello de Reuben. "Pensé que te había perdido".

Reuben no lo entiende. Sabe que este edificio es su casa a pesar de no reconocer ninguna de sus características. Es el sentido del lugar, el olor. Todo lo demás es una niebla vaga e impenetrable.

"Ven, vamos a buscarte algo de comer", dice el hombre que sabe que es su padre. "Haré que Isabelle te prepare el baño. Puedes relajarte".

Como si estuviera aturdido, sin saber del todo a dónde va, unas manos le conducen suavemente hacia la amplia escalera. Una mujer hermosa, de cabello negro azabache, sonríe. Le coge de la mano y le conduce a una amplia habitación exquisitamente amueblada. Huele a lavanda y una única ventana da a la extensión del rancho. Reuben se acerca a ella mientras la mujer le dice: "Voy a preparar un baño, señorito Reuben".

Pero la atención de Reuben no está en la mujer ni en su

entorno. Sabe que hay algo más importante de lo que debe ocuparse. Algo urgente, inmediato.

Desde el otro lado del cristal, ve cómo se llevan al hombre moreno. Lo han golpeado y lo arrastran por el patio delantero, con los pies desnudos arrastrándose por el suelo.

"Lo colgaremos", dice su padre desde atrás. Reuben se gira para verlo de pie, con las manos en las caderas, la sonrisa ya no está en su cara, sustituida por una mueca aterradora. "No sé qué demonios te hizo, muchacho, pero a Dios pongo por testigo de que no dejaré pasar esto sin castigo. Lo colgarán y lo veremos morir. Espero que puedas encontrar algo de paz después de eso".

Sale de la habitación y Reuben no tiene palabras porque nada tiene sentido. Se gira de nuevo y mira por la ventana. Están atando las muñecas del hombre moreno por detrás con cuerdas de cuero. Apenas puede mantenerse en pie. De nuevo lo arrastran, esta vez hasta un granero, y lo meten dentro. Un hombre alto baja la barra para asegurar las puertas dobles. Se sacude las manos enguantadas y se ríe, aunque Reuben no puede oírlo. Sus compañeros también se ríen, se alejan y parecen orgullosos. Orgullosos de lo que han conseguido.

Pero ¿qué es lo que han conseguido, se pregunta Reuben? Aprieta la frente contra el frío cristal. Hay algo que no está bien en esto. Se esfuerza por recordar, pero todo lo que tiene son parpadeos, escenas irregulares que tartamudean en su mente. Hay disparos. Muchos disparos. Y un hombre, rubio, delgado, con los ojos muy abiertos por la sorpresa. Y de horror.

Luego, el estruendo de un solo disparo.

Los ojos de Reuben se abren de golpe. Está aturdido, apenas puede enfocar el mundo más allá del cristal. Poco a poco, su mente se aclara, la niebla se separa para que pueda distinguir la realidad, el mundo que le rodea. Suspirando, se da la vuelta. Las piezas caen en su sitio. No todas de manera uniforme, pero tiene la apariencia de la verdad, de lo que sucedió. Sabe, con una certeza aterradora, que mató a un hombre el día anterior. Se levantó y le disparó. Deliberadamente. Esta vez no fue un accidente. Recordó aquel accidente, la muerte de los dos hombres y cómo salvó al indio que huía por su vida.

Oso Pardo. El hombre moreno que están golpeando hasta la muerte y están a punto de colgar ¡es su amigo!

Sale corriendo de la habitación y baja las escaleras sin cuidado, resbalando en los últimos escalones y cayendo de rodillas. Sin aliento, ignora el dolor y se pone en pie justo cuando su padre sale de su amplio salón, con su magnífica colección de libros y cuadros. Su santuario interior. Le protege de las preocupaciones y los miedos que recorren la casa, de la amenaza constante de la muerte. La madre de Reuben, siempre tan cerca de la muerte, aferrándose a un hilo delgado y frágil.

"¿Reuben? ¿Qué estás haciendo? Necesitas descansar".

Reuben se balancea, pero cuando su padre se acerca, levanta las dos manos. "¡No! Oso Pardo, ¿qué crees que estás haciendo con él? No puedes..."

"¿Oso Pardo? ¿Te refieres a ese salvaje asesino que intentó matarte?"

"Fue... Dios mío, Pa... ¡Me salvó la vida!"

"¿*Qué*? ¿Estás loco? Lance lo atrapó en el acto. ¡Tu cerebro está confundido, todo mezclado por lo que te pasó!"

Reuben se estremece, su cuerpo se convulsiona. Está luchando contra un deseo abrumador de caerse, cerrar los ojos y dormir durante cien años. "No", dice, con una voz tan pequeña y asustada. "No, papá. Él me *salvó*. ¿Los hombres con los que luchamos? Eran ellos. Pa, los que venían a por mí por lo que había hecho". Es su turno de avanzar. Coloca sus manos sobre los hombros de su padre y lo mira fijamente a los ojos. "Pa, créeme. Sin él, yo estaría muerto, y tú estarías a punto de enterrar a dos de tu familia".

Su padre retrocede, las palabras son como bofetadas en su cara. Lloriquea, los labios le tiemblan. Su voz no es más que un graznido: "Reu... ben".

Sin decir una palabra más, Reuben pasa junto a su padre y sale corriendo. Él ignora los gritos detrás de él, los hombres por el prado cercado en el centro y corre, tira la barra hacia atrás, irrumpe en el granero y allí encuentra a Oso Pardo suspendido de una viga del techo. Corre hacia su amigo. "¡Oso Pardo, háblame!"

El indio, cuyas manos sangran por donde las cuerdas de cuero le muerden las muñecas, mira hacia abajo y el destello de una sonrisa cruza su rostro roto y magullado. "Mi amigo..."

"Aguanta, aguanta". Reuben se gira cuando una mano fuerte le agarra el hombro. Es Lance, el jefe del campo de tiro. Parece enfadado. "Corta la cuerda y bájalo, Lance. Corta la cuerda, bájalo y luego lo llevas adentro".

"No haré tal cosa, ese salvaje se va a columpiar por lo que hizo".

"No ha hecho *nada*. ¿Le has disparado?"

"¿Dispararle? No, eso fue solo un pequeño juego, para asustarlo. Pareces demasiado preocupado por él, Reuben".

"Es mi amigo. Ahora córtalo. Lo ordeno".

"¿*Tú* lo ordenas?" Es Nils Lofgren, uno de los hombres que ha golpeado a Oso Pardo hasta estar a punto de morir. "Intentó asesinarte, cachorro ignorante".

"No, no lo hizo. Me salvó".

"Lo vimos", dice Lance, "lo vimos contigo. Luchando contigo, a punto de clavarte el cuchillo".

"¡No, no, no! Lo has entendido todo mal".

"No lo creo. Nils, lleva al señor Reuben adentro hasta que terminemos con esto".

"*¡No!*"

Reuben aparta la mano de Lance de su hombro y, con el mismo movimiento, coge la pistola del jefe de campo y la saca de la funda. Da un paso atrás, accionando el martillo. "Corta la cuerda y bájalo, o me ayudas o los mato a todos".

"¡Reuben!"

Todos se giran para ver al padre de Reuben mientras cruza el patio hacia la entrada del granero. Tiene un aspecto desaliñado, con el estrés y la ansiedad de los últimos días a flor de piel.

Parece estar a punto de derrumbarse. Suda, tiembla. Las lágrimas ruedan por su cara.

"¡Reuben, baja el arma!"

"No, papá. Siempre te he seguido, te he escuchado y he cumplido tus órdenes, pero ahora no". Vuelve a mirar a Lance. "No te lo volveré a pedir". Y entonces, increíblemente, y quizás lo más aterrador de todo, sonríe. "Y no creas que no lo haré. He matado a tres hombres en los últimos días y no dudaré en matarte a ti".

Lance lanza una mirada hacia el padre de Reuben, que está de pie, golpeado y asustado. Asiente una vez con la cabeza.

Reuben se aleja para dejar espacio a los hombres para que se acerquen. Los observa mientras cortan la cuerda y bajan a Oso Pardo, uno de los hombres sostiene las piernas mientras Lance corta el cuero que ata las muñecas.

Cuando terminan y Oso Pardo está en el suelo, Reuben hace un gesto con la pistola. "Llévenlo dentro de la casa y atiéndanlo".

"Te voy a dar una paliza por esto", gruñe Lance mientras se aleja del cuerpo inconsciente de Oso Pardo.

"No, no lo harás", dice Reuben. "Ya no soy un niño pequeño, Lance, al que puedes intimidar y amenazar. Esos días han terminado".

"¿Pondrías a ese asqueroso salvaje por delante de mí?"

Lance tiene los ojos desorbitados, la cara contorsionada y roja como si le hubiera dado una apoplejía.

"Es el hombre que me salvó la vida", dijo Reuben. "Es mi amigo".

CAPÍTULO DOCE

Se sientan alrededor de la gran mesa del comedor, Reuben en un extremo, su padre en el otro. Ambos miran fijamente su sopa. Un sirviente, un viejo y delgado mexicano conocido solo como Miguel, está de pie y espera. Hay una curiosa media sonrisa en su rostro bruñido, como si fuera el guardián de divertidos secretos. Reuben siempre ha sentido un vínculo con él. Es un vínculo similar al que ha desarrollado con Oso Pardo, que duerme en una de las habitaciones de arriba.

Al terminar su sopa, Reuben aparta el cuenco y se recuesta de la silla. Miguel se aleja de la pared y se lleva la sopa terminada.

"¿Los hombres que mataste...?" viene la voz desde el extremo de la mesa.

Reuben mira a su padre. Se sienta acurrucado, hundido en sí mismo. Parece un niño pequeño, pero la mesa es grande, más de doce pies de largo. ¿Esa es la razón?

Reuben mira fijamente a su padre. "No era mi intención hacerlo. Fue un accidente horrible, pero probablemente no lo vieron así. Vinieron detrás de nosotros, papá, y nos habrían matado si Oso Pardo no hubiera intervenido".

"Parece que lo admiras".

"Aprendí mucho de él en el poco tiempo que estuve en su compañía. Me va a enseñar a rastrear".

"¿Cómo...?" Su padre se echó hacia atrás en su silla con exasperación, arrojando su cuchara para que salpicara en la sopa antes de rebotar lateralmente para estrellarse contra el suelo. "¿Rastrear? ¿Estás loco, muchacho? *¿Rastrear?* No hace falta que hagas esas cosas. Tenemos encargados y vaqueros en abundancia para llevar a cabo esas tareas".

"No me importa lo que tengamos, papá. No voy a ser un peón de rancho".

"Por supuesto que no, ¡vas a ser el dueño de un rancho! Cuando me vaya, todo esto será tuyo".

"No estoy seguro de quererlo". Ignoró la mirada indignada y boquiabierta de su padre y se apresuró a continuar. "Soy más feliz por mi cuenta, papá, en el campo abierto. Voy a unirme al ejército, a explorar para ellos".

El silencio de su padre era peor que cualquier cosa para la que se hubiera preparado. Miguel llegó con el siguiente plato, y Reuben se quedó mirando el filete, con las judías verdes encima, y el olor le hizo agua la boca.

"Solo puedo decir lo aliviado que estoy de que tu madre no esté aquí para ver a su único hijo convertirse en nada más que un lacayo del ejército".

"¿En lugar de un lacayo del rancho, quieres decir?"

"¡Es tu derecho de nacimiento!"

"Pero no es lo que quiero".

Un silencio se apoderó de ellos y permaneció allí durante mucho tiempo.

Sube las escaleras, cada una de las cuales parece hacer eco en sus crujidos del miedo que siente en su corazón. ¿Cuántos días más tendrá que hacer esto, visitar a su madre enferma en su lecho, sentarse a su lado, cogerle las manos y mirarla mientras lucha en vano contra lo inevitable? Al llegar a la planta alta, se detiene y se esfuerza por escuchar algo. Un día, sabe que hará tal cosa, y no habrá nada. Un silencio lúgubre y horrible. Ella habrá dejado de respirar, y él no habrá estado con ella. Agarrado por el súbito terror de que este pensamiento se hiciera realidad, irrumpe en su puerta.

Allí yace, como siempre, apoyada en las almohadas, con el rostro brillante por una fina capa de sudor, su palidez de un verde enfermizo, pero respira. Reuben casi se desmaya de alivio y se acerca a su cama medio a trompicones y se desploma en la pequeña silla de respaldo duro que hay junto a ella. Allí es donde siempre se sienta.

Extiende la mano y toma una mano fría y frágil y la aprieta ligeramente. Un pequeño murmullo y ella gira la cabeza para mirarle. Sus ojos se arrugan. Una sonrisa. Le cuesta mucho esfuerzo, pero sabe que está contenta, y eso es lo único que importa. Un pequeño destello de normalidad en un mundo enloquecido.

Ella no habla. Él habla, le cuenta algo de su día, pero no todo. No quiere causarle angustia. El doctor Miller dijo que la dejara descansar. Reuben nunca entendió el sentido de eso. Ella se estaba muriendo. Un día pronto estaría muerta, y entonces podría descansar. Por ahora, la quería despierta porque incluso en su estado debilitado seguía siendo su madre, y él la quería. Más que a nada.

Se sienta y estudia su cara, la evidente incomodidad que hay en ella, pero también su fuerza. Cómo se las arregla para aguantar es una maravilla para él. Es algo que él mismo espera desarrollar. Esa fuerza de carácter, ese pozo de resistencia al que logró acceder cuando se enfrentó a una muerte casi segura en la cabaña. Está seguro de haber heredado esos rasgos de su madre. ¿Qué va a hacer sin ella?

Un tiempo después, se aleja. Ella está durmiendo, su respiración es superficial pero no agitada como suele ser. Él camina suavemente, cruzando la habitación hasta la puerta.

Cuando sus dedos se enroscan en el picaporte, la voz de ella llega a él, sonando fuerte. "Reuben..."

Se gira, con los ojos muy abiertos. Sin creer que pueda ser tan coherente. "¿Sí, mamá?"

"Te quiero, Reuben. Eres mi mejor chico".

Sus ojos se cierran. Los de él, se llenan de lágrimas.

Son las últimas palabras que ella pronuncia.

CAPÍTULO TRECE

No estoy aquí para contar historias de las que no tengo conocimiento, pero lo que sigue son las palabras de Lance, transmitidas a mí y a mi padre alrededor de la mesa del comedor. Ya nos ha contado su llegada a Fort Defiance, pero ahora nos cuenta lo que descubrió sobre la naturaleza de los hombres que iban a seguirnos la pista a mí y a Oso Pardo, todo lo cual dio lugar al tiroteo en la cabaña.

Lance se sentó a un lado de la mesa del comedor, con los codos apoyados en el tablero y la barbilla ahuecada entre las manos. Relató lentamente lo que había averiguado al interrogar a varios borrachos y jugadores en Fort Defiance. "Parece ser que el líder de una banda bastante lamentable de canallas respondía al nombre de Banner. No era el tipo de hombre con el que se puede compartir la cama, ni tampoco nada. Un hombre violento e indiferente, se trasladó al oeste después de matar a tiros a un cajero de un banco en un pequeño pueblo de Nueva Inglaterra. Desde entonces, ha vagado sin rumbo de un pueblo pionero a otro hasta llegar a Fort Defiance. Sin dinero y en busca de trabajo y otras "oportunidades", se unió a un mal grupo. Pasaban casi todo el tiempo en el salón del fuerte, apostando y bebiendo hasta que uno de ellos vio a un indio solitario que llegaba al fuerte con una mula cargada de pieles de búfalo. Al abordar al indio, reaccionaron más tarde cuando el indio consiguió escapar. Se pusieron a perseguirlo y eso fue lo último que se supo de él".

"¿Y estos fueron los hombres que vinieron a por ti?", pregunta papá, con sus ojos severos clavados en mí.

No iba a dejarme intimidar. Me senté erguido, devolviéndole la mirada. "Creo que deben haber sido, papá".

"¿Pero por qué venir a por ti?"

En ese momento, Lance gira en su asiento para mirarme de frente. "Esa es la parte que no entiendo del todo".

"Creo que es hora de que nos cuentes todo, Reuben".

Así que lo hago. Respiro profundamente para tranquilizarme y luego relato todo lo sucedido, desde mi cabalgata por las llanuras, hasta ver a Oso Pardo siendo atropellado por esa escoria asesina; les cuento de mi disparo que provocó tanta violencia y el tiroteo final en la cabaña. No dejo nada fuera, siendo tan honesto y abierto como puedo ser. Ambos escuchan sin hacer comentarios. Y cuando termino, Pa es el primero en reaccionar. Se sienta, se cruza de brazos y esa mirada... Es fulminante.

"¿Salvaste la vida de un salvaje?"

Este es Lance. Su expresión es diferente a la de papá. Mientras que la de papá es seria e inflexible, la de Lance está llena de amargura, incluso de asco. Su boca está curvada hacia abajo como si estuviera saboreando algo malo.

No voy a dejar que me intimiden. No me importa lo que piense Lance. Ha vivido su vida en el campo, pero dudo que haya conversado alguna vez con un nativo. Así es como me gusta referirme a ellos. He leído la historia. He escuchado. Estuvieron aquí miles de años antes que nosotros. Si alguien tiene derecho a esta tierra, son ellos.

"He salvado la vida de un ser humano", digo, manteniendo la voz baja. No quiero perder los nervios con Lance. Es el socio de mayor confianza de mi padre, pero sus modales y sus ideas me desagradan. Tengo casi quince años. Mi mente aún puede ser moldeada, pero no de la manera que a Lance le gustaría.

Mirar hacia atrás no es fácil. El paso de los años hace difícil recordar y me han pasado tantas cosas en la vida desde aquellos días que a veces olvido los detalles. Así que recuerdo los acontecimientos con la mirada de un adulto, no con la impetuosidad de la juventud. Pero sí recuerdo a Lance y la expresión que nublaba sus facciones. Me detestaba. Podía verlo en cada línea, en cada arruga. Me asemejaba demasiado a mi madre, podía oírle pensar. No me parezco lo suficiente a mi padre, el hombre que construyó el rancho de la nada hace tantos años. Mucho antes de que yo naciera, él y Lance trabajaron la tierra, haciéndola fértil, transformando el polvo y los matorrales en un paisaje suavemente ondulado sobre el que los caballos y el ganado podían correr y pastar. Durante diez o más años se esforzaron, y el éxito llegó lentamente, pero el éxito *llegó*, y la extensión de la familia floreció, abundante en vida. Lance y Henderson lucharon contra los Arapahos y los Comanches en aquellos días mientras Pa cuidaba a mi madre, que siempre estaba enferma. Y cuando se quedó embarazada de mí, los tiempos fueron duros y peligrosos. Pero salieron adelante y mi nacimiento fue celebrado. Sin embargo, pronto, con el paso de los años, Lance más que nadie se volvió contra mí. Me consideraba débil, indigno de confianza, un soñador que nunca se entregaría por completo al rancho. En todo eso tenía razón, salvo en lo de "débil". Yo sabía que no era débil, pero mi fuerza era diferente a la suya, y a la de papá. No veía mi futuro a lomos de un caballo, llevando el ganado al mercado. Quería hacer algo distinto. Devolver. Servir.

Así que aquí estaba.

En la mesa, sosteniendo la mirada furiosa de Lance.

"Sé cómo son, no lo olvides", dice entre dientes apretados. "He luchado contra ellos, los he matado. Son deshonestos, vengativos, llenos de odio".

"¿Un poco como tú, Lance?"

Veo que sus manos agarran los brazos de su silla. Lívido, apenas capaz de controlar su ira, se levanta a medias de su silla.

"*Lance*", dice papá, "siéntate y déjalo ir".

"Es de tu sangre, pero no voy a ser insultado". Se desplomó de nuevo en su asiento, con la cara roja y la respiración errática. "No he olvidado que me apuntaste con un arma, chico. No dejaré que eso quede sin respuesta".

"Te olvidas", digo, y no puedo evitar sonreír, "esa era tu pistola, Lance". Y para dejar claro el punto, palmeo la culata de la pistola que tengo metida dentro de la cintura. "Esta pistola".

"¿Vas a dejar que se salga con la suya?" Lance escupe, rodeando a Pa que ahora también empieza a retumbar de ira.

"Reuben, será mejor que retrocedas. Quiero que tú y el salvaje salgan por la mañana, ya me oíste. Coge tu saco de dormir y un par de caballos, no ese jamelgo que sueles montar. Un caballo bueno y fuerte. Sal y lo haces bien".

"¿Cómo? ¿Matándolos?"

"No hay otro camino, muchacho. Tú trajiste esto sobre todas nuestras cabezas, y depende de ti arreglarlo".

"Es magnánimo de tu parte, papá".

Lance se burla: "Sería mejor que pasaras más tiempo aprendiendo a enlazar que leyendo tus elegantes libros".

En eso tenía razón, tengo que confesarlo. Mamá me introdujo en la lectura cuando apenas podía caminar, y nunca dejé de hacerlo. No lo veía como un obstáculo para crecer, sino todo lo contrario. Encerrado en el rancho, por muy vasto que fuera, la lectura me dio las claves para escapar. Leí y aprendí. Ahora, anhelaba experimentar por mí mismo lo que había más allá de los límites de nuestra tierra. No en la forma en que Lance y Pa estaban instando. En mis propios términos. Aquellos hombres que venían, como yo sabía que sí lo harían, se interponían en mi camino.

"Está bien, papá", digo. Me agacho y recojo la silla que he tirado al suelo. La miro fijamente por un momento. "Arreglaré esto, pero, Lance, no te metas en mi camino a partir de ahora".

"¿Es una amenaza?"

"No, es una petición".

"Muy amable de tu parte".

Sonrío y me alejo.

"Lleva algunas armas para silla de montar", dice papá. "No te lleves la Remington. Hay un par de Colt Dragoons en el vestíbulo que serán mejores, junto con mi vieja carabina Hall. Puedes llevarte eso, Reuben. Me sirvió bien y hará el trabajo".

"Asegúrate de llevar suficiente tapa y munición", dice Lance.

"Y pólvora", dice Pa.

Manteniendo la calma, digo: "Su preocupación es conmovedora. De los dos".

Me voy, escuchando las maldiciones que se forman en sus labios.

Fuera del alcance de los oídos, me dirijo al exterior. Casi inmediatamente, veo a Oso Pardo sentado en la sombra. Al acercarme, levanta la vista.

"¿Puedes cabalgar?" Le pregunto.

Frunce el ceño y emite un gruñido. "¿Vamos a alguna parte?"

"Vamos a encontrar a esos otros. Los que se escaparon".

"Habrán encontrado más amigos, prometiéndoles la oportunidad de ganar dinero".

"Sí, entrando aquí y robando todo el tesoro de papá".

Se pone en pie y le veo hacer una mueca de dolor. Los cortes y los moretones de su cara están hinchados, distorsionando sus rasgos.

"¿Seguro que puedes montar?"

"Estoy seguro. ¿Cuándo nos vamos?"

"Al amanecer. Papá me ha dado dos caballos y tenemos armas. Muchas armas".

"Entonces debemos prepararnos, amigo mío. No creo que sea bienvenido aquí".

Doy una pequeña sonrisa. "Yo tampoco, amigo mío. Yo tampoco".

CAPÍTULO CATORCE

Al día siguiente me desperté y me encontré con un tiempo fresco y seco, y Oso Pardo ya me esperaba con los caballos cargados de provisiones. Habíamos decidido intentar volver a la vieja cabaña. No le había mencionado a nadie acerca del cuerpo de la mujer que había encontrado allí. Con todo lo que había pasado desde entonces, ni siquiera había hablado de ello con Oso Pardo. Era un misterio. ¿Qué había ocurrido allí? Un asesinato, sí. ¿Pero los motivos? Tenía que haber alguna pista allí, así que me decidí a averiguar cuáles podrían ser. Sí, era una distracción, pero aquella cabaña fue el centro de nuestra lucha de vida o muerte con aquellos hombres, así que tal vez Oso Pardo pudiera seguir el rastro de los sobrevivientes después de haber registrado el lugar.

De camino al comedor, le dije buenos días a Lucilla, una de las sirvientas, y vi que tenía lágrimas en los ojos. No pensé en eso. Lucilla era muda. Una chica buena, trabajadora, siempre nos habíamos llevado bien y supuse que tal vez estaba molesta por mi partida. Pero luego escuché el ruido de pasos corriendo por la escalera principal, y supe que había algo más, algo muy terrible estaba pasando.

El grande y torpe Rolles salió de la cocina, con los ojos muy abiertos.

"Oh, señor Reuben", dijo.

Me quedé helado. La constatación de que el temido momento había llegado por fin pareció petrificarme. Conseguí girar la cabeza para ver a Daisy, la cocinera, bajando las escaleras a trompicones, con las manos agarrando la barandilla. Estaba llorando y, al llegar al último escalón, se desplomó. Rolles se acercó a ella. De la cocina sale Miguel, demacrado y ceniciento. Parece que toda la casa está sufriendo por la noticia. Y entonces aparece Pa en la parte superior, blanco como la muerte, temblando incontroladamente.

Todo y todos se movían a mi alrededor a la velocidad del rayo. Era como si fuera un espectador de todo ello. Separado y distante, vi a la gente correr hacia delante y hacia atrás, muchos gritos, llantos, aleteo de brazos y retorcimiento de manos.

Luego, Doc Miller, bajando de un salto de su calesa. Le observé a través de las puertas abiertas de par en par mientras corría hacia el interior, deteniéndose apenas para lanzarme una mirada, una mirada que lo decía todo. Sube los escalones de dos en dos.

Henderson se acerca a mí a grandes zancadas. Su cara es oscura. "Lo siento, Reuben".

Frunzo el ceño. Aunque me doy cuenta de lo que ha sucedido, la conmoción me golpea como un mazo en el pecho. Me tambaleo hacia atrás, buscando a tientas algo, lo que sea, para frenar mi desplome. Es Rolles quien me sujeta, sus grandes brazos me levantan como si fuera un niño. Me lleva a un sofá cercano y me tumba con suavidad. Lo veo, y está temblando. Henderson se acerca a él. "Se puso mal en la noche", dice, su voz ya no es ese sonido grande y retumbante que tantas veces escuché a través del campo. Y entonces hizo algo que nunca había visto antes. Se quita el cigarro de la boca y lo mira fijamente, con los ojos llenos de tristeza. "Corrí a buscar al doctor pero... Pero creo que tal vez sea demasiado tarde. Lo siento".

Parpadeo, sacudo la cabeza, aún sin ser del todo consciente de mi entorno, pasando por todo como en un sueño. Miguel se sienta a mi lado y me tiende la mano. Me derrumbo en sus brazos y me abraza con fuerza.

Es entonces cuando Billy Bean irrumpe en la casa. Está fuera de sí, como si tuviera fiebre, el sudor le brilla en la frente y solloza como un niño. Va hacia la escalera, pero Henderson le impide el paso, con la mano en la pistola. "No, Billy, no subirás hoy".

"Me dejas pasar, maldita sea, o te juro que..."

Vi a Rolles intervenir y asestar un tremendo golpe en la mandíbula de Bean, tirándolo al suelo, donde quedó inconsciente.

"Sácalo de aquí", gruñó Henderson y se dio la vuelta, y sus ojos se clavaron en los míos. "Hay muchas cosas que no sabes, Reuben. Tal vez tu padre te hable de ello después... Después de que todo esto haya terminado".

"Hecho y enterrado", digo en voz baja. Me desprendo del abrazo de Miguel y me paso la palma de una mano por la cara. "Ya lo sé", digo. Oigo el jadeo de Henderson. A su lado, Rolles se lleva a Billy Bean fuera. Sacudo la cabeza. "Lo sé desde hace mucho tiempo".

"No veo cómo podrías cuando nosotros mismos ni siquiera..."

Levanto una mano. "Algún día te lo contaré". No quiero parecer tan condescendiente, pero estoy harto de que esta gente me trate como a un niño ignorante. Henderson lleva en la familia casi tanto tiempo como Lance. A diferencia de Lance, él no es un jefe de equipo, no es un vaquero en el verdadero sentido de la palabra. Es el guardaespaldas de mi padre, por así decirlo. Un hombre que usa su arma como un oficinista usa un bolígrafo. Natural. Eso es lo que es. Un pistolero natural. Un asesino. Solía asustarme cuando era niño, y mamá siempre me susurraba al oído: "Ten cuidado con ese hombre, Reuben. Nunca lo hagas enojar".

Tomé su consejo, nunca había cruzado palabras con él, pero ahora Ma ya no estaba aquí para dar consejos y el conocimiento me golpeó y trajo las lágrimas a mis ojos una vez más.

Mi vida ya no iba a ser la misma.

CAPÍTULO QUINCE

Nos situamos alrededor de la tumba abierta, con las cabezas inclinadas y las manos unidas por delante en señal de oración. Daisy llora y, a su lado, el gigante Rolles la abraza. Miguel está desolado. Quería tanto a mi madre. Estudio sus rostros, uno por uno. Un poco más lejos está Lance, con algunos de los vaqueros, con los sombreros apretados en manos enguantadas de cuero. El doctor Miller también está aquí. Su rostro está manchado de lágrimas y Henderson, ceniciento, su levita colgando abierta para dejar ver su Colt Navy con mango de perlas en su cintura. Me lo pregunto y de repente me doy cuenta: ¡este es mi sueño! He vivido todo esto antes solo en mi sueño, la diferencia es que Billy Bean estaba aquí. En la realidad, él no está aquí, gracias a Dios.

El reverendo Small se aclara la garganta y comienza su panegírico. No lo escucho. Mi mente está en otra parte. A lo lejos, Oso Pardo está sentado bajo la sombra de un árbol. Nuestros caballos mordisquean mechones secos junto a él. Pronto nos pondremos en camino, dejando todo esto muy atrás. No estoy seguro de querer volver ahora que Ma nos ha dejado. Miro fijamente hacia abajo en ese horrible y negro agujero y veo la parte superior de su ataúd. Hay una sola rosa roja sobre la tapa.

¿Quién la puso allí? No puedo pensar. ¿Podría haber sido papá? Lo dudo porque ni siquiera ha venido. Está sentado en su biblioteca, bebiendo whisky, mirando las filas de sus libros, la mayoría de los cuales nunca ha leído. Allí fue donde lo encontré después de que el doctor Miller declarara muerta a mamá. Me estremecí al oírlo, pero papá, con los labios temblorosos, desapareció en su habitación y no ha vuelto a salir. Eso fue ayer. Ahora, Ma yace en el suelo, y Pa bebe whisky. Mi odio hacia él va en aumento. No es de extrañar que Ma buscara afecto en otra parte. En mi sueño, Pa estaba devastado por la pérdida de su esposa, pero eran mis pensamientos esperanzadores. Mis deseos. En la realidad, mis padres nunca fueron así. No había amor, solo resentimiento por ambas partes por un par de vidas desperdiciadas.

Un grito repentino me hace levantar la vista. Henderson también reacciona, y al otro lado del suelo, un hombre está luchando con Lance y los demás.

Jadeo.

Es Billy Bean, con los brazos extendidos en su patética lucha por liberarse del agarre de Lance.

"Quiero verla", grita.

Pongo una mano temblorosa contra mi boca para evitar que grite una respuesta. Aunque intento comprender sus sentimientos, este no es su momento. Es el mío y el de todos los demás, todos los que han vivido cada día con Ma. Tal vez Billy tenga derecho a presentar sus respetos y despedirse, pero no ahora. Más tarde, cuando hayamos regresado a la casa o, en mi caso, al otro lado del campo.

Ahora no, Billy. Espera tu turno.

Henderson, lo sé, no lo ve así. Ya está cruzando a zancadas hacia donde luchan esos hombres.

Sé lo que va a pasar. Lo he visto en mi sueño.

Pero lo que veo no se parece en nada a mi sueño.

En un movimiento salvaje y desesperado, Billy Bean se libera. Tiene una pistola. No puedo decir si es suya o no, pero la pistola está desenfundada y el martillo montado. Se tambalea en su mano como si fuera demasiado pesada para él. Tal vez lo sea.

"¡Necesito verla, villanos! Apártense de mi camino".

"Aguanta tu lengua", dice Henderson. Los demás le miran y se apartan. Incluso Lance, que siempre me ha parecido un hombre bruto, parece temeroso.

Billy gruñe, mostrando los dientes apretados en un rostro lívido por la ira y la pena: "Solo quiero verla".

"Sé lo que quieres", es la respuesta de Henderson. "Ya has causado demasiado dolor a esta familia, ahora vete de esta tierra antes de que te haga azotar".

Pero pude ver cómo se desarrollaba todo, incluso antes de que empezara. Billy no va a ninguna parte. Sé que amaba a mi madre, y ella a él. Han llevado su relación en secreto, pero es un secreto que todo el mundo conoce, incluido papá. Nadie ha dicho nunca nada, guardando sus pensamientos para sí mismos. Mientras Ma vivió, así continuó, pero ahora... Ahora cualquiera puede decir lo que piensa.

El disparo suena como el más fuerte trueno que jamás haya experimentado. Billy se queda con la boca abierta, con los ojos muy abiertos por la incredulidad. Pero solo brevemente. Cae, la vida abandonando sus extremidades casi al instante, la bala le ha golpeado en la frente, justo entre los ojos. Le ha volado la parte posterior del cráneo y Billy se desmorona en un saco de carne sin vida. La sangre brota alrededor de su cabeza y en algún lugar chilla un buitre, que ya se está percatando de que la cena está a punto de ser servida.

Por un momento toda la escena se congela, pero en un parpadeo todo el mundo se mueve. Algunos huyen asustados, otros se acercan al cadáver de Billy Bean. Henderson no parece saber qué hacer.

Excepto yo. Me giro y veo a papá de pie en los escalones de la casa, con su fiel mosquete Enfield aún humeante en la mano. De alguna manera, sabía que había sido él quien había hecho el disparo mortal y ahora, al verlo tan impasible, entiendo cómo el odio puede cambiar a un hombre. Esta fue siempre la razón por la que papá fue tan frío conmigo. Está resentido conmigo. Que Ma dio a luz a un hijo que, en contra de todas las respuestas emocionales normales de un padre, lo ató a ella. Para siempre. Él anhelaba su libertad. Ma fue un error y yo uno aun mayor.

Nuestras miradas se cruzan, pero solo por un instante. Con el trabajo hecho, se da la vuelta y desaparece dentro de la casa. Dudo por un momento y me debato entre seguirlo, enfrentarme a él y discutir. Aclarar las cosas de una vez por todas. Sé que rechazará mis palabras con desprecio. No soy más que un niño. El niño que nunca quiso. Así que le doy la espalda a él, a esa casa, a la vida que he conocido durante catorce años y no siento nada.

Echo una última mirada a la tumba de mamá y me alejo. No vuelvo la cabeza hacia el grupo de gente que rodea el cuerpo de Billy. Mantengo la mirada al frente. Oso Pardo está de pie. Su rostro es impasible, casi como un espejo del de papá. En silencio, montamos y conducimos lentamente nuestros caballos lejos de aquella escena infernal.

CAPÍTULO DIECISÉIS

Apenas se habían alcanzado los límites del rancho cuando Oso Pardo frenó su caballo y se sentó, girándose para mirar detrás de él.

"¿Qué pasa?" Preguntó Reuben, deteniéndose junto al indio.

Silencioso como la niebla, Oso Pardo se deslizó de su caballo y se puso de manos y rodillas. Reuben observó, con toda su atención puesta en lo que el indio hizo a continuación.

Apretando una oreja contra el suelo, Oso Pardo permaneció en esa posición durante algún tiempo hasta que, por fin, se incorporó, con los ojos estrechos dirigidos en dirección al rancho. "Alguien nos está siguiendo", dijo simplemente e hizo un gesto para que el joven se uniera a él.

Reuben se pone de rodillas, acerca una oreja a la tierra y escucha, con los ojos cerrados. Se esfuerza por oír. Al principio, no hay nada.

"Concentra todos tus sentidos en ese punto", dijo Oso Pardo. "Bloquea todo lo demás, incluso mi voz a partir de ahora. Deja que tu mente penetre en lo más profundo de la tierra. En ningún otro lugar".

Dudando un instante, Reuben siguió las instrucciones de Oso Pardo. Cerrando los ojos, se imaginó que desaparecía en la tierra.

La oscuridad lo invadió. El olor de la tierra húmeda, el susurro de algo. ¿Un animal? Algo. Concentrándose con cada fibra de su ser, piensa, cree... Y entonces, como por arte de magia está ahí, ¡el estruendo de los caballos!

"Dios mío". Inconscientemente, Reuben saca el Dragoon de Lance y, tras comprobar su carga, lo vuelve a meter en la cintura. "Puedo oírlo". Oso Pardo sonríe. "¿Esperamos a que quien sea nos alcance?"

Encogiéndose de hombros, Oso Pardo se subió al lomo de su caballo. "No intentará nada a la luz del día. Cuando acampemos, estaremos preparados".

"¿Cómo sabes que solo hay uno de ellos?"

Oso Pardo señaló el suelo. "Vuelve a comprobarlo, joven amigo. Concéntrate en tu oído y nada más. Profundiza cada vez más. Escucha el ritmo del caballo. Cierra los ojos y visualízalo en tu mente".

Sin dudarlo, Reuben se agachó y repitió las acciones, cerrando los ojos, con la boca en una fina línea.

"Querido Señor", dijo en voz baja, "¡puedo oírlo!" Levantó la vista, con una amplia sonrisa que le partía la cara casi en dos. "¡Señor, quítame el aliento, pero puedo oírlo! Oso Pardo, *puedo oírlo*. Tal y como dijiste, solo hay uno".

El indio le devolvió la sonrisa. "Así que ahora puedes responder a tu propia pregunta".

"Pero..." Reuben sacudió la cabeza mientras ponía la oreja en el suelo por segunda vez. "Es muy difícil saberlo. No habría sabido que este sonido era un jinete si no me lo hubieras dicho y para adivinar cuántos..."

"Eso llegará, amigo mío. Práctica. Esa es la respuesta para dominar cualquier habilidad".

"Supongo que es así". Volviendo la cara hacia el camino por el que habían venido, negó con la cabeza. "Sigue sin decirnos quién es, o por qué nos siguen".

"Deberíamos preguntarle".

"¿Cómo vamos a hacer eso?"

Oso Pardo sonrió. "Espera y verás".

Fue en la vieja cabaña donde se prepararon. Con los caballos fuera de la vista en los bosques circundantes, se instalaron entre las rocas y esperaron. Reuben no pudo evitar mirar hacia donde permanecían los cadáveres. En lenta descomposición, todo tipo de animales habían mordido las partes blandas del cuerpo. Como la mayoría de los muertos yacían entre los árboles, había resultado difícil para los buitres acceder a ellos, pero en todo lo demás se habían dado un buen festín.

"Qué manera de acabar con tu vida", reflexionó Reuben Cole en voz alta.

Oso Pardo se burló: "Ellos eligieron su camino, amigo mío. No te regañes por lo que era necesario".

Reuben gruñó. "Supongo".

Estaba a punto de añadir algo más, sobre cómo él tampoco había elegido esta vida para sí mismo. Que tenía sueños y esperanzas, ninguno de los cuales implicaba matar a tiros a la gente. Pero entonces, incluso cuando formulaba varias respuestas silenciosas, el jinete se vino a donde ellos estaban. Alto en la silla, con una bufanda alrededor de la boca para protegerse del frío, dirigió su caballo hacia los escalones rotos de la entrada de la cabaña. Se detuvo y observó los alrededores antes de bajar de un salto. Enlazó las riendas alrededor del poste más cercano que sostenía lo que quedaba del techo de la veranda y se dispuso a subir los escalones.

Oso Pardo salió de un lado de la cabaña, Reuben del otro. Ambos tenían sus armas desenfundadas.

El hombre sonrió. "Hola, Reuben".

"Hola, Lance". Reuben bajó el martillo de su Colt Dragoon hasta dejarlo a medias. "Desabróchate el cinturón del arma y luego dinos qué demonios estás haciendo aquí".

"No vas a dispararme, ¿verdad, Reubs? No harías eso ahora, ¿verdad? No a tu viejo amigo".

"No cuentes con ello, Lance", y para subrayar sus palabras, Reuben amartilló por completo la enorme pistola que tenía en la mano.

Lance miró el barril y pareció hundirse en sí mismo. Miró fijamente a Oso Pardo antes de volver su rostro enrojecido hacia Reuben. Suspiró. "¿Ahora eres un amante de los indios, Reubs?"

La Colt Navy de Oso Pardo apuntó infaliblemente hacia las entrañas de Lance. "El arma", dijo en voz baja.

"No puedes darme órdenes, tu piel roja hijo de..."

"Yo puedo", dijo Reuben, con una voz fría, plana, sin emoción. Sin embargo, no había forma de disimular el significado de sus palabras, y por un momento Lance se balanceó un poco, como si de repente se sintiera débil y asustado. La tensión abandonó sus hombros y se desabrochó lentamente el cinturón y lo dejó caer al suelo con un fuerte golpe.

Oso Pardo avanzó y recogió el aparejo. Retrocedió, con su arma aun apuntando al vaquero, y se pasó la correa del arma por el hombro.

Sacudiendo la cabeza, abatido, tal vez incluso triste, Lance respiró: "Me decepcionas, Reubs".

"No seas condescendiente conmigo, Lance".

Levantó la cabeza. "¿Ser condescendiente? ¿Qué demonios es eso, una forma elegante de decirme que soy un idiota? ¿Es eso? Has tenido la cabeza en tus malditos libros durante demasiado tiempo, chico. En lugar de saber cuál es tu posición en la vida, has elegido dar la espalda a tu familia, a tu *deber* y correr con esto..." Señaló con un dedo a Oso Pardo. "Rezo para que Dios te perdone, Reuben, porque tu padre seguro que no lo hará. Tampoco yo".

"¿De qué estás hablando, Lance?"

"Estoy hablando de *ti*. Ese arrebato en el rancho. Realmente le clavaste un cuchillo en el corazón con toda esa charla sobre tu madre y Billy. Casi lo rompes".

"¿Romperlo? ¡Ese hombre está roto solo por sus propias decisiones! Nunca amó a mi madre, nunca le dio un momento de afecto. Ni a mí, en realidad. Está resentido conmigo por haber venido a este mundo y haberle negado la libertad de hacer lo que quería. Es egoísta, frío y sin corazón".

"Si no tuvieras esa pistola en la mano, o tu amigo pelirrojo aquí, te daría una buena paliza por lo que acabas de decir".

"Bueno, diablos, Lance, no dejes que Oso Pardo te detenga. En cuanto a esto", sopesó el Dragoon en su mano, retiró el martillo y lo dejó suavemente sobre una roca cercana.

"Reuben", dijo Oso Pardo en voz baja, "no hagas esto. Te golpeará".

Lance se rió de eso. Una gran carcajada, acompañada de un lanzamiento de cabeza hacia atrás. "Genial, esto es algo que he querido hacer desde siempre, mocoso malcriado". Lanzó una mirada hacia el indio. "Mantén bajo control ese dedo que te pica en el gatillo, muchacho".

"No interfieras, Oso Pardo".

La sonrisa de Lance se amplió aún más. "¿Qué edad tienes ahora, Reubs?"

"Quince". Se encogió de hombros. "Casi".

"Bueno, eso es lo más parecido a ser un hombre que cualquier otra cosa". Puedes soportar esta paliza como un hombre. Te ayudará a crecer". Apartó la cara y escupió en el suelo. "Hagámoslo".

Oso Pardo se quedó un poco alejado y observó cómo Lance destrozaba a Reuben de forma sistemática y despiadada. El joven se defendió con valentía, pero Lance demostró ser demasiado fuerte y experimentado. Sus puños enguantados en cuero se clavaron en las costillas, se clavaron en los ojos y en la nariz. Unas cuantas paradas débiles permitieron a Reuben contrarrestar y dar algún que otro golpe, pero Lance se rió de ellos. Una última y pesada mano izquierda se estrelló contra el costado de la cabeza de Reuben, tirándolo sin contemplaciones al suelo.

Retrocediendo, respirando con dificultad, pero con un rostro lleno de euforia, Lance sonrió a su adversario caído. "Será mejor que te levantes, chico, o te mataré a patadas allí mismo".

"Ya ha tenido suficiente", dijo Oso Pardo, dando un paso hacia el vaquero.

"¡No, no te metas en esto, bárbaro! Este chico necesita una lección".

"Ha sido enseñado".

"¡Todavía no lo ha sido!"

Oso Pardo vio a Reuben rodar sobre sus rodillas, con la sangre goteando de la boca y la nariz. Con el rostro marcado por el dolor, el joven miró a los ojos de su amigo y hubo algo parecido al arrepentimiento o incluso a la admisión de haber cometido un error.

"Detente ahora, Reuben", dijo Oso Pardo, sabiendo, incluso mientras le rogaba a su joven amigo, que ninguna palabra iba a disuadirlo. Así que miró cómo Reuben se ponía en pie de forma inestable, aspiró una enorme bocanada de aire, se agachó, se giró y golpeó con el puño.

Lance esquivó el golpe con facilidad, y clavó un derechazo en las tripas de Reuben, doblándolo. Un cruel golpe de izquierda terminó con él.

Reuben yacía con la nariz en la tierra, la sangre goteando a su alrededor. No se movió.

Oso Pardo debería haber sabido lo que haría Lance a continuación, pero estaba demasiado aturdido por la derrota total de Reuben como para registrar algo. Mientras miraba con la boca abierta, el vaquero pivotó hacia abajo, y su puño se estrelló contra el estómago de Oso Pardo.

El aire salió del cuerpo del indio y, doblado, jadeando, se alejó tambaleándose, sin poder hacer nada contra la patada que se abrió paso bajo su barbilla y lo lanzó hacia atrás. Cayó de espaldas con una sacudida y se quedó tumbado, con oleadas de confusión y dolor.

Pasaron los segundos. Vagamente consciente de su entorno,

vio a través de una especie de niebla, a Lance agarrando su pistola que se había caído del hombro de Oso Pardo.

"Levántate", gruñó Lance, tirando hacia atrás del martillo del Colt Navy con bastante satisfacción. Su sonrisa reluciente daba un aspecto extrañamente salvaje a su rostro. Parecía estar disfrutando de este repentino cambio de rumbo.

Sabiendo que no podía hacer nada más que obedecer, Oso Pardo se levantó. El arma de Reuben estaba a varios metros de distancia, demasiado lejos para que pudiera hacer un movimiento hacia ella. De todos modos, dudaba que pudiera hacer funcionar bien sus piernas. Lance podía golpear, y golpear fuerte.

"Recoge al chico y llévalo a la cabaña. Luego puedes atenderlo".

"No creo que pueda. Debes darme un momento". Sacudió la cabeza. "Creo que nunca me han golpeado tan fuerte".

Lance sonrió. "Deberías haber pensado en eso antes de intentar retenerme".

"No, no lo hicimos. Tú nos seguiste".

"Solo quería saber a dónde iban. Nunca pensé que vendrían aquí". Giró la cabeza hacia la cabaña. "Este es un lugar espantoso, Piel Roja. Lo que ha ocurrido aquí es algo que todos deberían dejar en paz. Nunca debieron venir a este lugar". Pareció contar los cadáveres que yacían cerca. "¿Qué demonios hacen estos cuerpos aquí?"

"Estos hombres que ves, vinieron a matar a Reuben, por lo que hizo. Creemos que algunos escaparon. Volverán".

"¿Lo harán, por Dios? Bueno, será mejor que nos movamos rápido. Quiero a ese chico arreglado para que podamos volver al rancho. El señor Cole está muy enfadado y quiere castigar a su chico y colgarte a ti. Como debería haber hecho antes". Se rió. "Si su chico no hubiera intentado interferir, todos podríamos haber seguido viviendo nuestras vidas".

"¿Es eso lo que piensas?"

"Es lo que *sé*, Piel Roja. Eres una alimaña y, como todas las alimañas, el único lugar bueno para ti es lo más profundo de la tierra. Muerto".

Hizo un gesto enfático con la pistola, y Oso Pardo, con la fuerza que volvía a sus miembros, se acercó por fin al cuerpo tendido de Reuben y lo levantó en brazos.

CAPÍTULO DIECISIETE

Me siento en una silla, con las almohadas a la espalda y un paño húmedo contra mis labios hinchados. A través de un ojo semi-cerrado, veo a Oso Pardo enjuagándose con otro paño, el agua corriendo roja con mi sangre. Me sorprende que el agua siga fluyendo con tanta claridad desde la bomba manual en la que trabaja. Sospecho que esta cabaña no ha estado abandonada tanto tiempo como parecía al principio.

Frente a mí está Lance. Tiene mi pistola en su regazo, la de Oso Pardo en su cintura y la suya propia en su cinturón ahora recuperado. Parece un arsenal de muerte de un solo hombre. Tiene más profundidad de la que nunca imaginé. Cuando me enfrenté a él, no tenía ni idea de lo formidable que era. Me destrozó y no tuve ninguna oportunidad. Mi odio hacia él ha superado los límites de la naturaleza, pero eso no significa que no le admire. No es el tipo de hombre del que se puede hacer un enemigo y eso es precisamente lo que he hecho.

Pienso en lo que podría ocurrir a continuación. Sé que Lance no es el tipo de hombre con el que se puede negociar, que una vez que su mente está fijada en un curso de acción, nada lo distraerá de él. Y sin embargo, soy consciente de que esos otros, esos hombres que vinieron a matarme, volverán. Nos vendría bien Lance. Sus habilidades, su experiencia. En resumen, lo necesitamos.

"¿En qué piensas, chico?", pregunta.

"Estamos en un lío, Lance". Casi me río. Esto sale como "estamos en una metanfetamina, Jeth" debido a la hinchazón alrededor de mi boca. No pretendía ser gracioso y Lance, por suerte, no reacciona como si lo fuera. Se limita a encogerse de hombros.

"¿Y qué?"

"Estarán aquí pronto. Deberíamos prepararnos".

"Tiene razón", dice Oso Pardo, escurriendo su tela. Está de espaldas a mí, así que no puedo verle la cara, pero casi puedo oír el funcionamiento de su mente.

"Entonces deberíamos irnos", dice Lance y se pone de pie.

"¿Cómo sabes de este lugar?"

Es Oso Pardo. No se vuelve, así que no puedo leer nada en su expresión, pero sus palabras tienen mucho peso, mucha intención.

"¿Qué?"

"Dijiste que era un lugar espantoso, que no debíamos tratar de averiguar lo que pasó. ¿Qué pasó?"

Veo a Lance mirar a la mujer, su cuerpo rígido y ennegrecido, su piel como un pergamino chamuscado y ennegrecido, una caricatura grotesca de un ser humano. Si la tocaran, se desintegraría en mil fragmentos de carne crujiente y seca.

"Henderson".

Casi me ahogo. "¿Henderson?"

"¿No te has dado cuenta?" Lance se agacha y recoge una colilla de cigarro desechada. Busco en el suelo y veo que hay varias. "Vino aquí para conocerla. Eran amantes".

"¿Henderson?" Volví a decir. No podía creerlo. Sacudí la cabeza, con una mueca de dolor que me atravesó el cráneo. "¿Henderson instaló a esta mujer aquí, en este lugar remoto, para...? No, no puedo creerlo".

"No me importa lo que creas, muchacho. Henderson la

visitó, la retuvo, y cuando ella amenazó con revelarlo todo, la mató".

"¿Por qué?" Era Oso Pardo. "¿Por qué la asesinaría por lo que iba a revelar? ¿Por qué era tan importante?"

"No te preocupes, Piel Roja. Simplemente arregla un poco más a este chico y luego nos pondremos en camino".

"Es tarde. Pronto oscurecerá".

"¿Quieres quedarte aquí, con *eso*?" Señala la puerta abierta del dormitorio y, más allá, el cadáver. Cruza hasta la abertura y se queda mirando dentro. "Malditos sean tus ojos, ¿por qué has venido aquí? ¿Por qué no podías dejarlo todo en paz?"

Cierra la puerta de un portazo y se vuelve, como si estuviera en un frenesí, su cuerpo sufre pequeños espasmos salvajes, mueve la cabeza y rechina los dientes. La cercanía de la mujer le ha traído estos curiosos cambios, ¿o quizás fue la revelación sobre Henderson? Su reacción es inquietante más allá de las palabras.

Y entonces todo sucede a la vez, demasiado rápido para que pueda registrarlo o ponerlo en un orden lógico.

Veo a Lance amartillar el Dragoon y me pregunto, con miedo, qué va a hacer.

En un abrir y cerrar de ojos, Oso Pardo se gira. Tiene su pesado cuchillo de caza en el puño.

Un caballo relincha fuera. Las voces parlotean con entusiasmo. Es difícil calcular cuántos son. ¿Más de tres quizás?

La hoja se clava en el pecho de Lance, que jadea sorprendido. Con los ojos muy abiertos, levanta la vista y se esfuerza por formar palabras. Pero su boca se niega a funcionar. Se derrumba y el Dragoon se le escapa de las manos.

Oso Pardo se mueve como un gato y se abalanza sobre el enorme revólver.

Y entonces alguien irrumpe por la puerta principal.

CAPÍTULO DIECIOCHO

Por un momento congelado, todo está quieto. El latido del corazón palpita en mi garganta. Más allá de mi control, es mi único movimiento mientras miro fijamente el bulto del hombre que llena la puerta, su rostro profundamente ensombrecido. Una pistola estalla en llamas, el sonido explosivo en ese pequeño espacio es atronador. Los oídos me zumban y caigo de rodillas, tapándome los oídos con las manos.

Con la cabeza dando vueltas por la confusión y el miedo, me encuentro a la deriva en otra existencia, con imágenes de mi madre pasando por delante de mí. Me coge de la mano y me lleva a través de un paisaje de dunas de arena, en el que pequeñas matas de hierba de Bahía se abren paso entre el suelo amarillo-ocre. El calor del sol en mi espalda y la cercanía de mi madre se combinan para llenarme de una deliciosa sensación de bienestar. Todo está bien. Estoy a salvo.

"¿Lance?"

El sonido de la voz me devuelve al presente. Parpadeo varias veces y veo al hombre grande atravesar la habitación a grandes zancadas hasta llegar a donde Lance está sentado contra la pared, con los ojos muy abiertos por el asombro. Sus labios tiemblan, la voz frágil. "Oh, Dios, Floyd, lo han hecho por mí, eso es seguro".

Es entonces, cuando las nubes se separan, cuando veo quién es el hombre. Henderson se pone en cuclillas y grita: "¡Miles, trae agua!"

Mientras miro en silencio, tengo un escalofrío hasta los huesos, una sensación horrible y progresiva que me dice que nada de esto va a terminar bien.

Henderson sostiene la cabeza de Lance y cuando Miles Monroe, uno de los vaqueros más jóvenes del rancho, irrumpe en la habitación, arranca la cantimplora de la mano del joven y vierte agua en la boca de Lance.

"Tranquilo", dice Henderson mientras Lance tose y balbucea. He oído decir que el agua no es buena para una herida en el estómago, pero en el pecho no estoy tan seguro. Tal vez si la hoja no ha llegado al corazón ni a los pulmones, Lance podría salir adelante.

Un movimiento a mi izquierda capta mi atención. Es Oso Pardo, agarrándose una mano, con la sangre filtrándose entre sus dedos, el arruinado Colt Dragoon tirado a sus pies, destrozado por el perfecto disparo de Henderson. Voy a moverme hacia él.

"¡Quédate quieto, muchacho!"

Dirijo mi cabeza hacia Henderson, cuya pistola está apuntando hacia mí.

"Miles, mantén tu pistola en ese demonio de piel roja. Tú", me apunta con su pistola, "levántate y ayuda a Lance a salir de aquí".

"Pero Henderson, no puedo..."

"Hazlo, o te haré un agujero y le diré a tu padre que fue este salvaje quien lo hizo. Ahora *muévete"*.

No hay nada que pueda hacer, no hay argumentos que presentar. Mi vida se tambalea, así que, a pesar de mi debilidad, me acerco a Lance y hago lo posible por levantarlo, pero es un peso muerto. Henderson hace un gesto a Miles para que me ayude mientras apunta con su arma a Oso Pardo.

. . .

Salimos tambaleándonos, Miles y yo llevando a Lance entre los dos. Yo tengo sus piernas, Miles los hombros. Lance, con los ojos en blanco, está ceniciento y el cuchillo, que sobresale horriblemente de su pecho, le está drenando la sangre. Nos esforzamos por llegar hasta donde están atados los caballos y hacemos lo posible por ponerlo sobre el lomo de una de las bestias. Gime horriblemente y me doy cuenta, con horror, de que hemos golpeado accidentalmente el cuchillo contra la herida.

"¡Oh Dios, Miles! ¡Bájalo, rápido!"

Como un revoltijo de animales asustados, tumbamos a Lance en el suelo. Su respiración es agitada y el sudor de su frente rezuma como agua a través de sus poros. Sé que está a punto de morir.

"Tenemos que sacar ese cuchillo", dice Miles, pareciendo tan asustado como me siento yo.

"¿Cómo se supone que vamos a hacer eso?"

"Simplemente lo agarramos y lo sacamos de un tirón, supongo".

"Santa savia, Miles, si hacemos eso, se desangrará sobre nosotros".

"Entonces encontraremos algo con lo que atarlo, ya sabes, como vendas y cosas así".

"No tenemos nada de eso, Miles".

"Podríamos usar las sábanas de una de las camas de la cabaña. Podríamos cortarlas en tiras. Solíamos hacerlo durante la Guerra de México. Funcionaba muy bien".

"Pero esas sábanas, están sucias, Miles, incluso si hay alguna."

"Vuelve a entrar y trae un poco".

Levanto las manos, el recuerdo del cadáver de la mujer apoyado en la cama es suficiente para que se me revuelva el estómago. "No voy a volver ahí, Miles".

"¿Por qué no?"

"Henderson", le contesto, rápido como cualquier otra cosa. "Me matará si vuelvo a entrar".

Se lo piensa un momento. Es una excusa razonable, creo, y

por la expresión de su cara, parece que él también lo piensa. "Si te escapas mientras estoy dentro, te perseguiré, Reuben, y te mataré".

"No iré a ningún lado, Miles, lo prometo. ¿Qué tan lejos crees que llegaré de todos modos? Me aseguraré de que Lance no estire la pata, pero ve rápido. Esa herida se ve desagradable".

Sin decir nada más, Miles asiente con la cabeza y se apresura a entrar en la cabaña.

CAPÍTULO DIECINUEVE

Henderson espera hasta que los otros arrastran a Lance fuera. Luego cruza lentamente hacia la puerta y la cierra. Oso Pardo, de pie en el centro de la habitación, le observa con las manos ligeramente levantadas, sin expresión, resignado a lo que va a ocurrir a continuación. No muestra miedo porque no siente miedo. Aceptó la muerte hace mucho tiempo y una vez más cuando se preparaban para colgarlo en el rancho de Reuben.

Sonriendo, sin saber cómo se siente el indio, Henderson recorre la habitación, estudiando los rincones amontonados con media vida de polvo y escombros. Junto a la bomba de agua hay un desorden de ollas y sartenes de metal, olvidadas hace tiempo por quienquiera que haya vivido aquí. La desvencijada mesa y las sillas están carcomidas por la carcoma. Nada en este edificio es utilizable. "Esto debió de ser un lugar muy bonito una vez".

"¿Lo recuerdas?"

El hombre grande frunce el ceño. "¿Recordarlo? ¿Cómo voy a recordar un lugar en el que nunca he estado, salvaje insensato? Tu inglés es bueno, pero tus sentidos están embotados. Como todos ustedes. Gruesos como mierda de caballo".

Oso Pardo señala con la cabeza hacia la puerta cerrada de la habitación contigua. "¿Y ahí dentro? ¿Cómo se explica eso?"

"¿Explicar *qué*?"

"¿Por qué no echas un vistazo, para recordar?"

Henderson ladea la cabeza: "¿Estás jugando conmigo, muchacho? Podría matarte ahora mismo y ahorrarle al señor Cole la molestia de colgarte".

"De cualquier manera, estaré muerto".

"Eres genial, ¿no?"

Henderson retiró el martillo de su pistola.

"Déjame morir sabiendo que has visto lo que has hecho aquí".

"¿De qué demonios estás hablando?"

Oso Pardo vuelve a asentir hacia la puerta. "Ahí dentro. Ya lo verás".

Después de una breve conversación interior consigo mismo, Henderson toma una decisión y da un paso lateral lentamente hacia la puerta del dormitorio, su arma siempre apuntando a Oso Pardo. Abre la manija y empuja la puerta hacia adentro.

Echa un vistazo rápido.

En ese preciso momento, Miles irrumpe en la cabina, sin aliento, frenético. "Necesitamos una sábana para cortar y envolver las heridas de Lance. Se va a desangrar si no..." Se detiene, pasando la cabeza de Henderson a Oso Pardo y viceversa. "¿Qué está pasando?"

La habitación está mortalmente quieta, nadie se mueve, como si el tiempo mismo se hubiera detenido.

Henderson deja escapar un largo gemido y entra a trompicones en la habitación. Miles, tras dudar un momento, le sigue.

Oso Pardo no espera. Aprovecha su oportunidad y se desliza fuera, tan silencioso como la brisa, ve a Reuben inclinarse sobre el cuerpo tendido de Lance, y continúa hacia el bosque, desapareciendo entre los árboles antes de que nadie se dé cuenta de que se ha ido.

CAPÍTULO VEINTE

"¿Qué es esto?"

Reuben Cole regresa a la cabaña y avanza lentamente hacia la puerta del dormitorio. Miles le lanza una mirada fugaz. Henderson está de pie como golpeado por algo, con la boca abierta, los ojos sin parpadear, confundido, desconcertado. Mira hacia la cama y el cadáver de la mujer desconocida.

"La encontramos cuando llegamos aquí", explica Reuben.

"¿Pero quién es ella?"

"Ni idea. Pensamos que tal vez tú podrías saber algo al respecto".

"*¿Yo?*"

Henderson se da la vuelta, pero está distraído, los sentidos aún no son capaces de entender lo que todo esto significa. Y mientras se queda boquiabierto y con la mirada fija, Reuben aprovecha su oportunidad, saca la pistola del cinturón de Miles y retrocede, montando el martillo. Miles emite un graznido estrangulado y Henderson gime de desesperación.

"Suelta tu arma, Floyd. No me arriesgaré con ninguno de ustedes, alimañas".

Henderson está apoplético de rabia. Aprieta los puños y ruge: "*¿Alimañas?* ¿Qué diablos son ustedes?"

"Suelta tu arma, Floyd, o te bajaré a ti".

"Mejor haz lo que dice", dice Miles en voz baja. Tiene las manos levantadas, con la mirada puesta en la pistola. "El chico está muy loco".

"Si vuelves a llamarme "chico", Miles, también te bajaré a ti".

En silencio, Henderson deja caer su pistola en la funda y se desabrocha el cinturón. El aparejo cae al suelo con un ruido sordo.

"¿Qué vas a hacer ahora, grandote?", dijo Henderson.

"No es lo que voy a hacer, Floyd. Lo que vas a hacer".

"No te entiendo".

"Bueno, déjame que te lo explique, ya que pareces más torpe de la cabeza que Miles aquí..."

"Te voy a dar una paliza cuando esto termine, chico. Y lo haré delante de tu propio padre".

"Cuando esto termine, Floyd, estarás colgando del extremo de una cuerda".

Henderson se quedó boquiabierto. "¿De qué demonios estás hablando, muchacho?"

Eso fue suficiente para Reuben. Con la paciencia destrozada, saltó hacia delante y golpeó a Henderson en la nariz con el cañón de la pistola. El hombre grande aulló y se tambaleó hacia atrás, agarrándose la cara. Cayó sobre la cama y aterrizó entre los restos de la chica muerta, la mayoría de sus huesos podridos astillándose bajo su peso. Gritó, más por el horror de estar entre los huesos que por el golpe en la cara, rodó y se quedó allí, de manos y rodillas, observando la mancha de sangre en el suelo.

"Te lo advertí", respiró Reuben. "Si vuelves a llamarme así, te mataré".

"Seguro que te has vuelto muy malo", dijo Miles.

"Bueno, supongo que puedes poner un montón de culpa por eso en la cabeza del querido y viejo Floyd."

Henderson levantó la vista. A través de un rostro

atormentado por el dolor, sus ojos ardían con una intensidad temible. Escupió un reguero de sangre. "No voy a golpearte, Reuben. Te voy a matar. A la primera oportunidad que tenga".

"No aguantaré el aliento. Muy bien, Miles. Ata al viejo tonto y llévalo afuera".

"¿Qué? ¿Estás loco, Reuben? Seguramente lo estás. ¿Por qué demonios querría atar al señor Henderson?"

"Porque es un asesino, es por eso". Y lentamente, la cara de Reuben se abrió con una sonrisa casi maníaca. "Él asesinó a esa chica, justo ahí. Mi única pregunta es por qué".

Miles silbó suavemente. "¿Y lo sabes con certeza?"

"Tengo la prueba si es de lo que estás hablando. Ahora átalo. Lo llevaré a Boniface y haré que el alguacil del pueblo haga lo que le pagan por hacer". Volvió a montar el martillo de la pistola a tope. "Impartir justicia".

Reuben observó con agudeza cómo Miles buscaba unos hilos de cuerda fina y ataba las muñecas de Henderson, tirando fuertemente de sus manos a la espalda del hombre grande. Cuando terminó, Miles dio un paso atrás.

"¿Quién es esa chica?"

"No lo sé", dijo Reuben. "Todo lo que sé es que Henderson la mató, dejándola aquí, sin duda, porque creía que nadie vendría a buscarla".

"Eso no es cierto", dijo Henderson, con el sudor brotando por su frente. "Nunca he estado en este lugar antes".

"¿Es así?"

"Pruebas has dicho", puso Miles. "¿Qué pruebas tienes, Reuben?"

"Esto", y Reuben sacó una colilla de su bolsillo. "Estaban esparcidas por el suelo aquí. Solo hay una persona que los fuma, y eres tú, Henderson".

"Idiota". Cualquiera podría haber tirado esas colillas. No significan nada y lo sabes".

"¿Yo?" Levantó la colilla. "Estas de aquí tienen una etiqueta.

Puede que esté descolorida, pero es lo suficientemente clara como para leerla. Cubano. Directamente de La Habana".

Entrecerrando los ojos, Miles se congeló por un momento antes de tragar con fuerza. "Dios mío", susurró. Se giró para enfrentarse a Henderson. "¡Es su marca, señor Henderson! Usted *es* el asesino".

"¿Tú también? ¿Te vas a dejar engañar por esta bazofia de cerdo? Este chico aquí ha plantado esas colillas. Es todo lo que tiene".

"Es suficiente", dijo Reuben. "¿Y por qué iba a plantarlas? ¿Con qué propósito? ¿Con la vana esperanza de que volvieras aquí cuando te estuviera esperando? Es una posibilidad muy remota, ¿no? No, tú la mataste Henderson y luego la dejaste aquí para que se pudriera".

"¿Quién es ella?" Miles miró de Henderson a Reuben y viceversa. *"¿Quién era ella?"*

Henderson apagó sus mejillas, levantó los ojos hacia el techo y volvió a suspirar. "Se llamaba Emily Dowers. Vino de Nueva York con su marido Nathaniel para encontrar una nueva vida juntos. Construyeron esta cabaña". Bajó la cabeza. "Pero nunca la maté".

Los ojos de Miles brillaron con una intensidad ardiente. "¿Cómo es que sabes tanto sobre ella?"

"Nos convertimos en amantes".

Un silencio aturdidor se instaló entre ellos. Los otros esperaban.

"Pero como dije, yo no la maté. Lo juro por Dios".

CAPÍTULO VEINTIUNO

"Hace casi cinco o seis años que Emily y su marido llegaron a la ciudad", comenzó Henderson. Lo habíamos sentado en una silla y Miles y yo nos sentamos alrededor de la mesa, yo con ese viejo y gran Colt apuntando directamente a él mientras hablaba.

Escuchamos y pronto todo encajó en su sitio.

Nathaniel Dowers era un individuo de aspecto moreno, con la barbilla siempre cubierta por una mancha de barba. De mirada aguda e ingeniosa, había trabajado como contador en una empresa de Nueva York y, cuando empezó a buscar un empleo remunerado, el rancho Cole lo contrató. El viejo Cole (llamado así por ser el jefe de la familia, no por su edad. Por aquel entonces estaba lejos de ser un anciano) le empleó para llevar la contabilidad del rancho y no tardó en encontrar varias discrepancias. En tres meses, el rancho registró beneficios y el señor Cole recompensó a Dowers con un aumento de sueldo.

Fue el día en que Dowers llevó a su esposa Emily al rancho en un coche nuevo cuando comenzaron los problemas. El señor Cole invitó a la joven pareja a cenar, como una recompensa más, se podría decir, y cuando ella bajó de la calesa, Nathaniel ayudándola a bajar, Henderson la vio y casi cayó desmayado.

Era, sin duda, la mujer más hermosa que había visto en su vida. Su cabello rubio rojizo caía suelto hasta los hombros, enmarcando un rostro de exquisita belleza. Durante un breve momento, miró a Henderson a los ojos y le dedicó una leve inclinación de cabeza. Él, a su vez, se quitó el sombrero. Le temblaba la mano y esperaba que ella no lo hubiera notado.

A partir de ese momento, Henderson tramó todos los encuentros *accidentales* que pudo. Intercambiaron formalidades, una leve inclinación de cabeza, la más pequeña de las sonrisas, pero nada más evidente que eso. Por dentro, el cuerpo de Henderson estaba en llamas. Solo en su habitación por la noche, las imágenes de ella bailaban en su mente, y se retorcía y gemía al pensar en abrazarla, acariciarla, amarla.

Por supuesto, si fuera sincero consigo mismo, se habría dado cuenta de que ninguna de sus fantasías podría hacerse realidad. Estaba al servicio de Cole como guardaespaldas y era un hombre rápido para la violencia, un pistolero, más rápido y preciso que la mayoría. Alguien a quien temer. El marido de Emily era inteligente, competente, un mago de las cuentas. Un hombre más valioso de lo que Henderson podría ser. ¿Qué vería en él una mujer como Emily?

La primera vez que vio la realidad fue el día que se encontró con ella en uno de los establos del rancho. No el principal, cerca de la casa grande, sino uno de los más pequeños, en el campo. El señor Cole lo envió allí para traer una de sus yeguas. La señora Cole quería montar a caballo porque se sentía un poco mejor y esta yegua en particular, conocida como Belle, era la que más quería. Henderson cabalgó hasta allí. No era habitual que hiciera un recado de este tipo, pero Lance no estaba en ninguna parte.

Hasta que Henderson lo encontró.

Tenía la mano metida en el vestido de Emily y sus labios apretados contra los de ella. Una de sus largas piernas rodeaba al jefe del campo y ambas manos le arañaban el pelo. Mientras

Lance la levantaba en brazos y la llevaba a un montón de heno fresco, Henderson los observaba desde la puerta, consumido por los celos y el odio.

Esperó su momento. Observó. Se dedicó a seguirla lo mejor que pudo, pero a menudo esto era difícil, pero durante los días y semanas siguientes, catalogó cada una de sus relaciones. La mañana en que ella desapareció, Nathaniel entró en la casa, desesperado. El viejo Cole llamó a Henderson para que la encontrara. Y lo hizo; ella estaba despeinada y desnuda en la cama de la cabaña de Dower. Pero no como era antes. La habían matado a tiros.

Henderson salió de la cabaña a trompicones, como si estuviera afectado por una horrible enfermedad, sin poder hablar y sin apenas poder caminar. Cabalgó hasta el gran grupo de colinas que había a unos kilómetros del rancho y se sentó allí, lamentándose por una vida que nunca conocería y por la mujer que había amado.

¿Podría haber sido Lance? Pero, ¿por qué, por qué matarla cuando obviamente estaban consumidos por la pasión entre ellos? Henderson no podía entenderlo. A su regreso a la casa grande, Lance ya estaba allí, indiferente, despreocupado. Sin embargo, su actitud fría hizo que Henderson creyera que, a pesar de su ardor, Lance sabía absolutamente cuál había sido el destino de Emily.

"Pero no tienes pruebas", dijo Reuben cuando Henderson había llegado al final de su relato. "No viste realmente a Lance matarla, ¿verdad?".

Henderson, con los ojos húmedos y enrojecidos, se esforzó por mantener la voz uniforme. "Es obvio".

"¿Lo es? Creo que lo que es más obvio es que tus celos te llevaron a asesinarla".

"Sí que lo parece, señor Henderson", dijo Miles, con tono apagado.

"Les he dicho la verdad", dijo Henderson.

"Entonces, ¿por qué no le dijiste a nadie lo que habías encontrado?" Reuben se inclinó hacia adelante. "Todos estos años, dejándola aquí, para que se pudra en esa cama. ¿Qué clase de hombre eres para hacer eso?"

"Yo no lo hice..." Exasperado, Henderson se pasó ambas manos por la cara a pesar de las cuerdas que le unían las muñecas. "¿No crees que he pensado en hacer precisamente eso?"

"¿Y por qué no lo hiciste?"

Henderson soltó las manos y miró a Miles con desprecio. "Menos de quince días después nos encontramos con Nathaniel Dowers colgando de una cuerda. Con el corazón roto, se había ahorcado. Me considero responsable porque fue el no saber lo que lo mató, el pobre. Si le hubiera dicho lo que sabía, tal vez... Pero no pude. No podía dejar que la viera de esa manera. Tenía la intención de volver, de enterrarla como es debido, pero cuando se quitó la vida todo se volvió tan... Innecesario. El tiempo pasó y eventualmente, lo saqué de mi mente".

"¿Y qué hay de Lance? ¿Nunca le confrontaste con lo que sabías?"

"No, nunca. Pero cuando anunciaste que te habían perseguido hasta aquí esas alimañas de las que habías intentado proteger a Oso Pardo, supe que Lance te seguiría. Así que le seguí".

"¿Quieres decir que fue Lance quien sembró esas colillas", dijo Miles, "para levantar sospechas sobre ti"?

"¿Es eso, Henderson?" Dijo Reuben, sin dejar de mirar al guardaespaldas de su padre. "¿Es eso lo que crees que ha pasado?"

Henderson sostuvo la mirada de Reuben. "No se me ocurre nada más. Una vez que se supiera que Emily está aquí tirada, hecha pedazos, habría un infierno que pagar. Lance sabía que yo sentía algo por ella. Sospecho que tu padre también lo sabía. Sería fácil echarme la culpa a mí".

Reclinándose en su silla, Reuben consideró durante algún

tiempo al hombre grande sentado frente a él. Su explicación tenía sentido. Lance era inteligente, ingenioso. Si alguien podía diseñar un escenario tan engañoso era él. Soltó un fuerte suspiro. "Hay una cosa que no entiendo", dijo lentamente, aireando sus pensamientos, "¿por qué la mataría Lance de esa manera? Si la amaba, quiero decir".

"Como tú también lo hiciste...", dijo Miles Monroe, mirando al suelo.

"Yo... he tratado de resolverlo todos estos años. Honestamente no creo que Lance la haya matado. Creo que fue su marido, consumido por los celos. Eso es lo que creo".

"¿Cómo lo supo?"

"Tal vez ella se lo dijo, quién sabe. No puedo ver a Lance matándola, no importa lo que haya intentado hacer para inculparme".

"Y hay otra pequeña preocupación que tengo. ¿Por qué Lance *te* inculparía? ¿Por qué no enfrentar al marido, llevarlo a la justicia, *si*, por supuesto, él fue el asesino?".

"No puedo responder a eso. Lance siempre ha estado celoso de mi relación con tu padre, de la confianza que tenemos. Tal vez tenía planes para mejorar en el rancho".

"¿Un ascenso? ¿Incriminándote en el asesinato de Emily?" Reuben esperó, pero como Henderson se sumía en un malhumorado silencio, asintió hacia Miles. "Desátalo y vamos a hablar con Lance. Quizá entonces podamos obtener algunas respuestas claras".

"Si todavía está vivo".

"Sí... *si* todavía está vivo".

Al salir, los tres se congelaron en el primer escalón de la cabaña.

Lance no estaba tirado en el suelo.

Lance había desaparecido.

CAPÍTULO VEINTIDÓS

El viejo Bill Night regentaba el prostíbulo de la ciudad de San Bonifacio, y estaba tan desvencijado como el establecimiento que supervisaba. La mayoría de los días, y de las noches, pasaba las horas en una desvencijada mecedora, bebiendo whisky de una jarra de piedra, viendo pasar el mundo con la misma aceptación cansada que sentía por su vida pasada. Hace mucho tiempo, vagaba por la cordillera como cazarrecompensas en busca de las muchas y variadas presas que estaban tan ricamente esparcidas por el Oeste. Después de acumular suficiente dinero, compró una taberna en la ciudad de San Bonifacio y se estableció en un ritmo constante, ampliando eventualmente su negocio para incluir un burdel. A menudo, participaba en las delicias ofrecidas por sus empleadas, pero habían pasado muchos años desde la última vez que sintió el más mínimo deseo de tales indulgencias. Cuando, dos años antes, Nancy llegó de Chicago, tan guapa como una mañana de primavera, con su pelo rubio ceniza amontonado en lo alto de la cabeza, el chaleco ceñido a la cintura, y su trasero tan grande no sintió ni el más leve aumento de los latidos del corazón, ni un sudor. Nada. El viejo Bill supo entonces que la vida no era más que una sala de espera para lo inevitable.

Debajo de él, tendido sobre los escalones, Joshua LeMar tocaba su banjo. Joshua era tan malvado como una serpiente de cascabel con dolor de muelas y en la parte trasera de su banjo llevaba una Wells Fargo Navy con la que solía disparar a los extraños que pasaban por allí. Desde que el sheriff Morris falleció el pasado otoño, no había ley en San Bonifacio y Bill lo prefería así. Le daba cierta libertad a su negocio. Si alguien se pasaba de la raya, le tocaba a él arreglarlo. O Joshua, ahora que el viejo Bill era mucho más lento, con las rodillas hinchadas como los nudos de un árbol y las manos dobladas con los dedos más parecidos a garras que a los ágiles dígitos que fueron en su día. Le agradaba Joshua y lo mantenía a su lado, atiborrándolo de bebidas y alguno que otro paseo gratis con alguna de las chicas. Joshua le devolvía la gentileza cuidando la espalda del viejo Bill. Era un acuerdo mutuamente beneficioso y lo había sido durante al menos media docena de años. Ninguno de los dos veía razón alguna por la que debería cambiar.

Bill Night dormitaba, pero con el sol difuso, la niebla blanca del invierno aliviando su intensidad habitual que chupaba la vida de la tierra y blanqueaba los edificios que corrían a ambos lados de la única calle del pueblo, era difícil. En los meses de verano, la gente se cocinaba dentro de sus casas y tiendas como si fueran panecillos en un horno. En invierno, tiritaban, entumecidos por el frío. Esta era una mañana así y pensó ir adentro y calentarse frente al fuego cuando un hombre apareció a caballo. Joshua lo vio primero, gruñó y se sentó. El viejo Bill giró su escuálido cuello de pollo y frunció el ceño. Era raro que alguien llegara al pueblo hoy en día, y aún más raro era un jinete solitario, y mucho menos uno como éste. Delgado, vestido con una camisa blanca que acentuaba la sangre seca en la parte delantera. El viejo Bill lo midió y decidió que al hombre le habían disparado o apuñalado. Desde esta distancia, no podía asegurarlo. Observó que el hombre no llevaba un arma de mano, solo una vieja carabina de las que se cargan por la punta del cañón, en una vaina sujeta a la silla de montar. Sin embargo, el aspecto más inquietante del desconocido era la palidez del hombre. La pérdida de sangre lo mataría con toda seguridad.

"Ve a revisarlo, Josh".

Gruñendo de nuevo, Joshua dio un último rasgueo a su banjo y se levantó. Comprobando los dos extremos de la calle, bajó de la taberna y se dirigió hacia el desconocido.

El viejo Bill siguió observando. Giró la cabeza y llamó al salón: "Katrina. Tráeme la escopeta recortada". Al estudiar de nuevo al forastero, la forma en que su cabeza se balanceaba de un lado a otro, la mano que no sostenía las riendas colgando floja y pesada, estaba claro que no estaba en condiciones de causar ningún tipo de amenaza, pero el viejo Bill no era de los que se arriesgan. Cuando Katrina salió a la luz del sol, entrecerrando los ojos bajo el resplandor, le arrebató el arma y comprobó rápidamente la carga. "Vuelve a entrar", le espetó, y Katrina lo hizo, deteniéndose un momento para decirle al viejo Bill que la taberna tenía poco whisky. Él se burló y volvió a centrar su atención en el desconocido.

Con los ojos fijos en el sufrido jinete, asegurándose de que no llevaba ningún arma en la cintura, Joshua sacó el Wells Fargo de la parte trasera de su banjo y se acercó al caballo. Colocando el instrumento musical sobre su hombro, tomó suavemente las riendas, impidiendo que el caballo continuara. Al notar la repentina detención del avance de su montura, el desconocido levantó la cabeza.

"Amigo", dijo Joshua con los dientes apretados, "te ves muy mal. No tenemos médico aquí, pero podemos llevarte a la taberna. Algunas de las chicas saben un par de cosas sobre curar heridas y cosas así. ¿Te han disparado?"

El desconocido sacudió la cabeza, acción que le causó cierta angustia. Hizo una mueca de dolor, aspirando el aliento con un siseo. "Un cuchillo. Profundo".

Joshua se metió la Wells Fargo en la cintura y estiró los

brazos: "Déjame tomar tu peso, amigo. Te llevaré a la taberna. Las heridas de cuchillo son las peores".

El desconocido se dejó caer en los fuertes brazos de Joshua. Gimió, y la sangre que salía de la herida salpicó la parte delantera de la camisa de Joshua.

"Diablos, tenemos que arreglarte muy rápido".

"Lo saqué", dijo el desconocido.

"Cielos, no estoy seguro de que haya sido lo correcto, amigo". Giró la cabeza hacia los escalones de la taberna y silbó con fuerza. "Viejo Bill, haz que alguien lleve el caballo de este hombre a la caballeriza. Luego dígales a las chicas que preparen una mesa. Va a necesitar un parche y muy rápido. Se está desangrando, viejo Bill".

A partir de ese momento, todo sucedió muy rápido. De la nada, el desconocido pareció hacer acopio de la energía que le quedaba, alcanzó la Wells Fargo de Joshua y tiró de ella.

"Oh, Dios", dijo Joshua.

El desconocido le disparó en las tripas y Joshua cayó al suelo, revolcándose y graznando, agarrándose la espantosa herida en su estómago, con la sangre brotando entre sus dedos. "Me ha matado, Bill. Me ha matado".

El desconocido disparó dos veces más a Joshua para silenciarlo antes de cruzar la calle en dirección a la taberna.

"Oh, Dios mío", respiró Bill y se levantó, sus viejas piernas se tambaleaban bajo él. Le quedaban pocas fuerzas y no podía permanecer de pie por mucho tiempo. Aun así, consiguió sacar la escopeta y disparar un cañón. El desconocido, sin embargo, estaba fuera de su alcance, y los perdigones se dispersaron inofensivamente en una amplia extensión. El desconocido siguió avanzando.

Dejándose caer en su mecedora, el viejo Bill maldijo a todas las entidades en las que había creído y trató en vano de volver a disparar.

El hombre subió los escalones, con la Wells Fargo apuntando al frente. "Suéltela".

El viejo Bill se desplomó, cayendo sobre sí mismo, con la escopeta cayendo al suelo. "No tenía necesidad de matar a Josh así, señor. Solo intentaba ayudar".

"Las chicas él dijo", continuó el desconocido, desestimando las palabras del viejo Bill como si nunca las hubiera escuchado. "Pueden curarme, dijo. Así que diles que lo arreglen todo". Y bajó el martillo de la pistola: "O te volaré la cabeza marchita, viejo".

El viejo Bill no tuvo que llamar a nadie. Katrina ya estaba entrando por las puertas batientes a toda prisa. En sus manos tenía una pala de mango largo que balanceó en un amplio arco. Antes de que el desconocido tuviera la oportunidad de girarse, la pesada parte plana de la pala le golpeó el costado de la cabeza y cayó al suelo con un ruido sordo, inconsciente.

"Haz que las chicas aten a esta alimaña", jadeó el viejo Bill, con una mano temblorosa limpiando el sudor que le rodaba por la cara, "y luego lo colgaremos aquí mismo, en la calle".

"Ya lo creo", dijo Katrina mientras se apoyaba en la pala para admirar su obra.

CAPÍTULO VEINTITRÉS

"Esta es la prueba de que lo hizo, sin duda", dijo Miles Monroe, mientras los tres salían en sus monturas en busca de Lance.

"Eso parece", gruñó Henderson, encendiendo un cigarro. Apretándolo en la comisura de su cruel boca, lanzó una mirada de odio hacia Reuben. "Yo diría que me debes una disculpa, muchacho".

"Te lo dije, y no te lo volveré a decir, me llamas *chico* una vez más y te meto en la tierra".

"Un momento", dijo Monroe rápidamente, "no hay necesidad de continuar esta disputa por más tiempo. Tenemos que trabajar juntos para atrapar a Lance y llevarlo de vuelta al rancho para que el señor Cole pueda interrogarlo y llegar de alguna manera a la verdad de todo esto".

Se adentraron con sus caballos en el bosque circundante, cada uno de ellos atento a las ramas colgantes, bajando la cabeza cada pocos pasos.

"Creo que es probablemente lo mejor", añadió Monroe, "si esa pobre chica va a recibir algún tipo de justicia".

"Y yo quiero esa disculpa", gruñó Henderson.

"Si Lance lo cuenta de la misma manera, la conseguirás

Henderson", dijo Reuben, escudriñando el suelo en busca de alguna señal. Su mente estaba más en Oso Pardo en ese momento y en dónde podría haber llegado su amigo. Los hombres como Henderson actuaban primero y luego hacían preguntas. Habría matado a Oso Pardo a tiros antes de haber arañado la superficie de la verdad. El indio había hecho lo correcto al alejarse, pero dónde estaba y qué iba a hacer eran misterios para Reuben. No podía explicarlo, pero sabía que Oso Pardo estaba en algún lugar cerca, atento, esperando su momento, pero Reuben no podía ni siquiera imaginar qué era lo que buscaba.

Fue al salir del lado más alejado del bosque cuando vieron por primera vez a los jinetes. Reuben contó cuatro. No parecían tener mucha prisa, pero se dirigían hacia la cabaña.

Reuben supo instintivamente quiénes eran. "Será mejor que desmontemos y nos pongamos a cubierto", dijo.

"¿Crees que son los mismos que intentaron dispararte, Reuben?"

Reuben asintió hacia Monroe: "Es difícil de decir, pero ¿por qué otra razón vendrían cuatro hombres por aquí?".

"Bueno, no tenemos muchas más opciones que refugiarnos aquí", dijo Henderson, agarrando el pomo de su silla de montar. "Lance se llevó el caballo con la única carabina que tenemos, así que tendremos que abordarlos de cerca".

"*¿Abordarlos?*" graznó Monroe. "¿Qué demonios significa eso?"

"Significa", dijo Henderson, bajando al suelo, "que son asesinos y no estarán de humor para hablar del tiempo".

"Pero cielos, Sr. Henderson, yo no soy un pistolero. Soy un vaquero y nunca..."

"Bueno, ahora es el momento de aprender, Monroe. Revisa tu carga y luego saca los caballos de la vista. Asegúrate de amarrarlos porque cuando empiece el tiroteo, se asustarán".

"No creo que pueda seguir con..."

"Solo hazlo. *Ahora.*"

Por un momento pareció que Monroe iba a seguir argumentando su punto de vista, pero cuando Henderson puso las manos en las caderas y le dirigió una dura mirada, el joven vaquero se dio la vuelta, derrotado. Reuben lo vio alejarse con los caballos.

"¿Qué hay de ti, Reuben? ¿Estás preparado para esto?"

Reuben se volvió para sostener la mirada de Henderson. "Lo que haga falta".

"Has crecido muy rápido estos últimos días, ¿no?"

"Todavía no he visto quince, como bien sabes, pero eso ya no importa. He matado hombres y si no lo vuelvo a hacer esta vez..." Miró hacia los jinetes: "Seguro que me matan".

"Te juzgué mal".

"¿Por qué? ¿Porque ahora soy un asesino?"

"No. Porque entiendes que la vida rara vez te da una buena mano. Lo que cuenta es cómo juegas. No solo el hecho de matar".

"Ojalá nunca lo hubiera hecho. Desearía no haber salido en ese viaje. Desearía no haber puesto los ojos en Oso Pardo".

"Eso es un montón de deseos. No puedes deshacer lo que está hecho, Reuben. Lo que tienes que hacer ahora es vivir con ello, o al menos encontrar la manera de hacerlo".

"Lo que tengo que hacer ahora mismo", dijo con un suspiro mientras sacaba su pistola, "es intentar salir vivo de esta situación".

Volviendo la cabeza hacia los jinetes que se acercaban, Henderson dio un gran suspiro. "Nos ponemos a cubierto y no abrimos hasta que estén casi encima de nosotros. No disparen hasta que yo lo haga, ¿entendido?"

Reuben asintió. "Lo entiendo. Aunque solo tengo seis tiros".

"Entonces haces que cada uno de ellos cuente. Apunta bien y cuando un hombre caiga, le disparas de nuevo".

Sin tiempo para hacer más preguntas, Reuben se separó, corriendo hacia la maleza que se amontonaba entre los árboles. No sabía a dónde había ido Henderson, ya que su concentración se centraba ahora en encontrar su propio lugar para esconderse. Aun así, mientras se adentraba en la espeluznante oscuridad del bosque, una mirada fugaz a su izquierda le hizo detenerse en seco.

Monroe se quedó parado, como los árboles, inmóvil, mirando algo. Reuben quiso gritar, pero no tuvo ni la fuerza ni el sentido común para hacerlo. El miedo se apoderó de él. Los jinetes se acercaban, y él podía oír sus voces, oler el hedor del sudor de los caballos. Sin embargo, Monroe permanecía de espaldas a los hombres, como si estuviera en una especie de trance.

Y entonces, sin ninguna razón aparente para tal cosa, cayó de cara al suelo. Reuben lo observó, pero no pudo entenderlo. La muerte, silenciosa como la noche, lo había envuelto.

Los envolvió a todos.

CAPÍTULO VEINTICUATRO

El primer puño oscilante del viejo Bill se estrelló bajo las costillas de Lance con la fuerza de una patada de mula, haciendo que la herida del pecho estallara y vomitara un chorro de sangre. Lance gritó. Esto no detuvo al viejo Bill, sino que lo estimuló. "Mataste a mi mejor amigo", gruñó y descargó un fuerte izquierdazo en la mandíbula de Lance, golpeando la cabeza del vaquero hacia atrás. Norton, el camarero, y Sarah, una enorme y pesada prostituta con brazos como troncos de árbol, sostuvieron al desventurado Lance. En el interior de la taberna, media docena de chicas reían con alegría. Todo el mundo se lo estaba pasando bien.

Aparte de Lance, por supuesto, que estaba tragando sangre y mocos mientras burbujeaban y espumaban en su garganta.

"Cuidado con matarlo antes de colgarlo", dijo Norton.

Fue un consejo oportuno. No por ningún sentido de piedad, sino simplemente porque estaba a punto de agotarse, el viejo Bill cedió y se tambaleó hacia atrás para caer en una silla, resoplando con fuerza. "Dame una cerveza".

"¡Tráiganle al viejo Bill un trago, una de ustedes!"

Katrina se sumergió rápidamente detrás de la barra y colocó un vaso polvoriento debajo de la bomba manual de cerveza. La cerveza, de color pálido, rebosaba por el borde y la espuma cremosa representaba más de la mitad del volumen, pero aun así se la llevó al viejo Bill, que se la bebió con mucho gusto.

Se pasó una mano nudosa por la boca, relamiéndose los labios. "Eso sabía bien. Tráeme otra".

Katrina lo hizo. Con esta, el viejo Bill se tomó su tiempo.

"Arrástralo afuera", dijo después de un momento. "Lo colgaremos frente a la tienda de mercancías de Carl Malone. Su cartel tiene un buen y fuerte poste metálico de apoyo".

"Malone se ha ido del pueblo esta mañana temprano, viejo Bill", dijo Sarah, sudando por el esfuerzo de mantener a Lance en pie.

"¿Crees que tengo que pedirle permiso?"

Se encogió de hombros. "Podría ser. Pero por lo que sé, no va a volver. Dice que este pueblo está muerto y que se ha ido a buscar fortuna a otra parte. Así que sí, haz lo que creas correcto".

"Cielos, Sarah, tienes la mente de un niño".

"Y el cuerpo de un bisonte macho", añadió Norton, pasándose la lengua por el labio inferior.

"Todo lo que sea masculino es lo que te hace manejarlo, Nort", devolvió Sarah, echando la cabeza hacia atrás en una sonora carcajada. Las otras chicas chillaron.

"Nunca te he oído quejarte", dijo Norton, algo dolido.

"¡Eso es porque no podía hablar de tanto reírme!"

"¿Es un pequeñito?", gritó otra joven puta desde la esquina.

"Como un renacuajo".

El techo de la sala casi se derrumbó con las risas incontenidas de los espectadores.

Con el rostro enrojecido, Norton se apartó y soltó al vaquero. "No voy a escuchar esto".

Sarah también soltó su agarre y Lance cayó con estrépito al suelo. Sarah, soltando un suspiro de gratitud por la pérdida de su carga, se inclinó sobre el mostrador hacia Katrina, que seguía de pie. "¿Qué tal una cerveza para mí, mi pequeña?"

Katrina miró largamente a su colega. Sin embargo, le sirvió un vaso de cerveza.

"Llevémoslo fuera", dijo el viejo Bill con voz cansada. "Estoy harto de mirar su cara".

Agazapado junto a las puertas de la taberna, perdido en las sombras proyectadas por el techo de la veranda, Oso Pardo escuchó cada palabra. Escapando por temor a su vida, había desaparecido en el bosque y planeaba volver para ayudar a escapar a Reuben cuando llegara el momento. Esos planes, sin embargo, cambiaron drásticamente cuando Lance se puso en pie tambaleándose y se arrastró penosamente sobre el caballo de Reuben. Oso Pardo lo observó en silencio aturdido mientras el vaquero herido se escabullía. Después de levantarse, siguió a Lance con facilidad, hasta el pueblo, creyendo que podría, de alguna manera, convencer a Lance de que volviera al rancho de Reuben, diera su versión de los hechos, se enfrentara a las consecuencias y devolviera a Reuben a la buena confianza de su padre.

Pero entonces fue testigo del asesinato del banjista y se dio cuenta, una vez más, de que los planes tendrían que cambiar.

Así que aquí se puso en cuclillas, esperando.

CAPÍTULO VEINTICINCO

Los disparos estallaron sin previo aviso. Reuben se puso en pie de un salto casi antes de que las palabras de Henderson gritaran: "¡Abran fuego sobre ellos, abran fuego sobre ellos!".

Entró en otro mundo. En un instante cegador de miedo y confusión, el bosque circundante, tan recientemente tranquilo y sereno, era ahora un campo de batalla. Los hombres que luchaban desesperadamente por mantener bajo control a los aterrorizados caballos, disparaban sin apuntar mientras Henderson, tan alto, tan grande, soltaba sus balas con gran precisión.

Corriendo, doblado, Reuben se dirigió a la pieza de cobertura más cercana: un tronco de árbol caído, viejo y nudoso pero más grueso que un novillo. Se lanzó sobre él, rodó, echó un vistazo y observó, hipnotizado, cómo Henderson disparaba a un hombre desde la silla de montar, haciéndole caer al suelo, con la sangre brotando de su pecho. Otra bala sonó para golpear al hombre caído en la cabeza antes de que los otros reunieran sus sentidos y devolvieran el fuego de una manera mucho más controlada.

Tres hombres, todos a caballo, sus monturas gritando, girando, pateando y luchando. Otro cayó, la bala le reventó la parte superior del hombro. Gritó y los dos jinetes restantes decidieron que lo mejor era desmontar.

Lo hicieron, pero no de forma ordenada. Tirándose al suelo, sus caballos, aliviados de estar libres, salieron al galope. Rodando bajo cualquier cobertura que pudieran encontrar, los dos hombres soltaron un disparo tras otro.

En algún momento, Henderson se dobló y cayó de costado. Consiguió mantenerse sobre una rodilla, pero cuando Reuben lo estudió, vio la sangre que corría por su muñeca destrozada. Su mano con la que manejaba el arma, estaba arruinada.

Aparentemente despreocupado, Henderson metió la mano en el fondo de su grueso abrigo para sacar otra pistola. Desde su posición arrodillada, efectuó dos disparos más antes de que una bala le alcanzara la garganta.

Reuben se quedó con la boca abierta y observó, como en un sueño, una misteriosa grisura descendía sobre la escena. Henderson se desplomó como un gran árbol, la fuerza desapareció de su cuerpo. Ya no hay control. Ya no hay vida. Se estrelló contra el suelo del bosque y se quedó quieto.

Muerto.

Gritando, Reuben rompió su cobertura. Sin tiempo para pensar, convulsionado por una fuerza irresistible, atravesó el terreno abierto, empuñando la pistola hacia adelante y toda su concentración puesta en los dos hombres que quedaban. Se quedaron boquiabiertos, con los ojos abiertos, incrédulos, y dispararon una descarga salvaje.

Reuben continuó la marcha. A unos diez pasos, se detuvo, contuvo la respiración y disparó al primer hombre entre los ojos. El otro se puso de pie, extendió los brazos y sacudió la cabeza con violencia.

Reuben le disparó en el pecho, arrojándolo contra el árbol más cercano, deslizándose hasta quedar sentado. Se quedó mirando, con la boca tratando de formar palabras, y Reuben le disparó de nuevo, esta vez en la cabeza.

Durante unos breves instantes, se hizo el silencio. No un

silencio natural y bienvenido, sino uno que no parecía contener más que presentimientos. Reuben nunca podría explicarlo, pero algo, un mensaje o una advertencia procedente del aire, etéreo, inexplicable, le hizo volverse. Medio agachado, se retorció, con el arma cerca de la cadera, la palma izquierda abanicando el martillo.

Tres balas alcanzaron al extraño que se acercaba, el hombre que Reuben descubrió más tarde que había matado a Monroe. Se derrumbó, y el arco que llevaba, esa silenciosa herramienta de la muerte, cayó a su lado.

La quietud le caló hasta los huesos mientras Reuben se dejaba caer sobre un árbol caído y recargaba metódicamente su pistola con la tapa y el plomo que había cogido de uno de los muertos. Se estremeció y volvió los ojos hacia el cielo. La delgada cubierta de nubes blancas le daba a todo una sensación sobrenatural, como si, de alguna manera, se hubiera deslizado a otra existencia lejos de este mundo. La pesadez de la atmósfera, que lo consumía todo y lo deprimía, se instaló a su alrededor y no lo dejó ir.

Al cabo de unos instantes, se acercó al cuerpo de Henderson, metió la mano en el bolsillo del grandullón y encontró un puro, junto con una pequeña caja de plata que contenía unas cerillas. Estudió el cigarro durante varios minutos, haciéndolo rodar entre los dedos, y luego se lo metió en la boca, lo encendió y aspiró el tabaco.

Al instante le sobrevino un incontrolable ataque de tos violenta, se dobló y tuvo arcadas, sintió que la bilis le subía a la garganta y tiró el humo con asco.

Se levantó temblorosamente, presionando el dorso de su mano en cada ojo lloroso, y habiendo recuperado algo de su compostura, hizo lo posible por revisar los otros cuerpos, dándoles patadas en el costado para ver si se movían.

Uno de ellos, un individuo delgado y enjuto, gimió cuando la bota de Reuben conectó con sus costillas. Sin detenerse, Reuben se arrodilló, liberó al hombre de su arma con destreza y la arrojó fuera de su alcance.

"Piedad", consiguió decir el hombre, con la sangre goteando de su boca mientras hablaba. Sus dientes, los pocos que le quedaban, también estaban inundados de sangre. Reuben supo, sin comprobar la herida, que el hombre había recibido un disparo limpio en el estómago. Estaría muerto en menos de una hora. "Por el amor de Dios, te lo ruego..."

Reuben puso un dedo índice sobre la boca del hombre. "Está bien, trata de no agitarte demasiado".

Con una velocidad y una fuerza sorprendentes, la mano del hombre avanzó, agarrando el antebrazo de Reuben. "Voy a morir, ¿no? ¡Oh, dulce Jesús, no me dejes morir!"

"Tienes que callarte", dijo Reuben, haciendo lo posible por sonar tranquilizador. Intentó en vano quitar el agarre de acero del hombre. "Te traeré un poco de agua".

"No, por favor, no me dejes solo".

"No tardaré nada", dijo Reuben, haciendo de nuevo todo lo posible por liberarse. Sin embargo, el hombre se aferró, si acaso con más fuerza que antes. Una expresión febril y salvaje en sus ojos hizo ver a Reuben lo aterrorizado que estaba el moribundo.

"El indio". Todo es culpa de lo que hicimos. Él me mató".

Reuben parpadeó sorprendido. "¿Qué? No, no, se ha ido. Él..." Se detuvo, sin querer ampliar la verdad. También sabía que era inútil. El hombre no podía comprender nada.

"Nunca deberíamos... Nunca deberíamos haber escuchado a Banner. Nada de eso tenía que ver con ninguno de nosotros. Si solo me hubiera quedado en el fuerte. Si solo..." Agarrando el brazo de Reuben con más fuerza que antes, el hombre se incorporó hasta sentarse. A través de sus labios temblorosos, su voz sonó: "Lo veo. Lo veo venir".

"¿Quién? ¿A quién ves venir?"

El hombre giró la cabeza y su mirada salvaje se clavó en la de Reuben. "Él está aquí y ha venido a matarme. Lo siento. Dulce Jesús, lo siento".

La bala alcanzó al hombre entre los ojos, arrojando su cuerpo destrozado al suelo. Reuben se giró, apuntando con su propia arma.

Durante unos breves instantes, miró fijamente a la cara del hombre que lo había planeado todo. El llamado Banner. Reuben se lanzó hacia su derecha cuando el arma del hombre estalló en llamas. Rodando una y otra vez, sabía que debía mantenerse como un objetivo en movimiento o, de lo contrario, todo acabaría. Con poca oportunidad de hacer valer su propia arma, continuó rodando hasta llegar a un grupo de salvia y se escabulló entre las frágiles pero afiladas ramas.

El dolor gritó a través de su hombro. No se había dado cuenta hasta que se detuvo. Ahora se dio cuenta de que le habían disparado. Con poco tiempo para reaccionar, apartó la agonía y echó un vistazo. Vio al corpulento Banner recargando frenéticamente. Reuben sacó su arma y disparó. Una, dos, tres balas. Todas se perdieron, pero tuvieron el efecto deseado y Banner se dio la vuelta y salió disparado hacia las profundidades de los árboles, tragado por la oscuridad. Desapareció.

Reuben permaneció entre los matorrales, sin atreverse a salir hasta estar seguro de que Banner se había marchado. Tranquilizado, se puso en pie e inmediatamente aspiró un fuerte aliento entre los dientes, el dolor en su hombro ardía con una intensidad, como nunca antes había experimentado. Metiendo la pistola en la cintura, palpó con cuidado la herida con los dedos y suspiró aliviado. La bala había rozado la carne, creando un profundo surco en la camisa. La sangre rezumaba y dolía como un pecado, pero al menos la bala no estaba dentro. Se quitó el pañuelo del cuello, lo convirtió en una bola y rellenó la herida con él para detener la hemorragia. Luego se ocupó de recargar su pistola. Había muchas otras armas de fuego repartidas por los alrededores, junto con diversos objetos que podía utilizar. Sin embargo, su primer problema era encontrar un caballo. Todos habían huido. Monroe no había sido capaz de amarrar sus monturas antes de que lo mataran, así que ellos también se habían ido. Sin un caballo, no iba a llegar muy lejos con este frío.

Echando un último vistazo a su alrededor y asegurándose de que Banner se había ido, se movió lenta y metódicamente entre los árboles hasta que, por fin, encontró un par de caballos pastando tranquilamente en unos matorrales de hierba áspera. Casi se desmayó de alivio.

CAPÍTULO VEINTISÉIS

itch estaba cansado. Había dormido en la silla de montar, pero ahora, al estirar la espalda, le dolían todos los músculos y tendones de una manera que le hacía pensar que su cuerpo se había convertido en piedra. Levantando su caballo, miró a través de la interminable llanura que se extendía hacia el lejano horizonte. Al ver las montañas distantes, de color gris nebuloso en la fría luz de la mañana, se dio cuenta de que aún le quedaba un camino considerable antes de llegar a Fort Defiance, el lugar al que creía que se había dirigido el joven Reuben. Pero eso fue antes de oír los disparos. Por lo tanto, se alejó hacia el oeste, sin querer verse envuelto en un tiroteo, sin importar quién disparara. Sabía que los Arapahos seguían merodeando por esta zona y que hacía tiempo que circulaban rumores de que grupos de asaltantes, a punto de morir de hambre, habían atacado granjas. La gente había muerto. Mitch era un solo hombre y, aunque era bueno con la pistola, dudaba que pudiera durar mucho tiempo contra un grupo de indios desesperados.

Cabalgando alrededor del bosque que separaba la pradera en dos partes distintas, llegó a una elevación y allí, muy abajo, una ciudad. Tenía que ser San Bonifacio. Sin saber lo que le esperaba allí, avanzó a un ritmo más prudente.

Había visto al indio un poco más tarde. Entrecerrando los ojos a través del paisaje ondulado, Mitch observó que el hombre iba a pie y se movía con un paso uniforme y lento. Además, estaba claro que se dirigía al pueblo. Ahora bien, ¿por qué sería eso?, reflexionó Mitch, frotándose la barbilla. ¿Significaba eso que Reuben estaba en la ciudad? ¿Solo? Los dos, Reuben y el salvaje, habían salido juntos del rancho, así que ¿se habían separado? Cuando el señor Cole los convocó en la biblioteca, se había quedado de pie con la cabeza inclinada, sosteniendo su sombrero frente a la ingle, moviéndolo en círculo. Delante de él estaban el señor Henderson y Lance. Ambos parecían agitados por algo. Mitch podía adivinar de qué se trataba, pero se lo guardaba todo para sí.

"Quiero que lo traigan de vuelta", decía el señor Cole, sentado detrás de su gran escritorio, con los ojos húmedos de lágrimas. "No debería haber dicho las cosas que dije. Es mi único hijo y no quiero que lo maten esos... Esas escorias asesinas de Fort Defiance. ¿Me oyes, Henderson?"

"En efecto, señor Cole", había dicho Henderson, con la espalda recta, orgulloso como siempre. "Lo traeré de vuelta".

"Una cabaña dijo", dijo el Sr. Cole. "Algo sobre una cabaña. ¿Crees que se dirigirá allí?"

"Podría ser el lugar para empezar".

"O tal vez se dirija a Fort Defiance", había dicho Mitch, sin saber que no le correspondía decirlo, pero haciendo la sugerencia aun así.

El Sr. Cole le miró directamente y Mitch se preparó para una amonestación. Nunca llegó. En su lugar, el Sr. Cole dejó escapar un largo y bajo suspiro. "Sí. Ahí es donde te enteraste de la alimaña de Banner, ¿no es así, Lance?"

"Lo fue, Sr. Cole, pero no creo..."

Cole hizo caso omiso de cualquier objeción. "Dirígete al fuerte, Lance. Henderson, tú ve directamente a la cabaña. Llévate a Monroe".

El Sr. Cole se levantó y se volvió hacia la ventana. La

conversación había terminado. Mitch se hizo a un lado para permitir que los encargados del rancho salieran de la habitación. Acomodándose el sombrero en la cabeza, Mitch hizo ademán de seguirlos.

"Mitch", dijo Cole, su voz como el chasquido de un látigo. "Quédate aquí. Quiero hablar contigo". Mitch frunció el ceño, perplejo, y miró a su jefe. "Cierra esa puerta, no quiero que nadie escuche lo que tengo que decirte".

Obedientemente, Mitch cerró la gran y pesada puerta de la biblioteca y se giró.

"Siéntate, Mitch. Necesito hablar contigo de hombre a hombre".

Confundido, Mitch sacó una silla y se sentó lentamente frente a su jefe, el hombre al que había servido durante más de seis años. Un hombre al que respetaba. Un hombre al que nunca había visto tan perdido, tan desesperado.

"Sé que no hay amor perdido entre Henderson y Lance", comenzó, sentándose de nuevo en su silla giratoria, mirando al techo. "Por eso no quería que ambos fueran a la cabaña. Tú sabes las razones, ¿verdad, Mitch?" Volvió a su asiento, moviendo ligeramente la cabeza para estudiar a Mitch con gran interés.

Mitch tenía ahora su sombrero en el regazo, pasando el ala por los dedos, como antes. Estaba nervioso, desconcertado. No sabía hacia dónde se dirigía todo esto. "Un poco, Sr. Cole".

"Creo que sabes más que un poco, Mitch. Tú y ella, fueron amantes, ¿no?"

Mitch levantó la cabeza y miró alarmado a su jefe. "Sr. Cole, no sé lo que..."

"Ahórratelo", espetó Cole. "¿Crees que soy una especie de cabeza hueca como todos los demás? ¿Crees que desde que dejé de cabalgar para supervisar el rancho por mí mismo, me he convertido en un tonto e ignorante, sentado aquí en mi escritorio sin hacer nada más que beber whisky? Y ahora que la señora Cole se ha ido, crees que me he hundido aún más en mí mismo".

"Eso no es cierto, Sr. Cole. Todo el mundo le respeta y le admira".

"El respeto y la admiración no tienen nada que ver. Puede que no esté ahí fuera, enlazando novillos, domando caballos, pero sé lo que pasa, Mitch. Sé sobre ti, Lance y esa maldita mujer".

"Sr. Reuben-" Atónito, Mitch se levantó a medias de su silla, "No estoy seguro de que lo entienda bien. Lo que pasó entre yo y... Bueno, no fue lo mismo que el desorden que tuvo con Lance. No es justo que usted..."

"Nunca dije que fuera justo, Mitch. Nada de eso. Relájate, sé todo lo que pasó entre ustedes y esa maldita mujer. La amabas, ¿tengo razón?"

Mitch se quedó mirando, incapaz de expresar ninguno de los numerosos pensamientos que le rondaban por la cabeza. "Yo... No lo sé bien, señor Cole".

"Tenías sentimientos por ella, al igual que Henderson y Lance".

¿"*Lance*"? Lance no sentía nada por ella, señor Cole. Solo quería obtener lo que pudiera de ella. No había... El señor Henderson, sé que sentía mucho por ella, románticamente. Pero es un caballero, un hombre de honor. Nunca la forzó, a diferencia de Lance. Lance era... Demonios, Sr. Cole, ¿quiere que lo deletree?"

"Te lo agradecería, Mitch".

Mitch infló sus mejillas. "No es una historia bonita, señor Cole".

"Creo que ya lo he adivinado. Dilo, Mitch".

"Muy bien. Lance la visitaba regularmente y cuanto más la visitaba más se obsesionaba. El señor Henderson, lo descubrió. Supongo que le rompió el corazón".

"¿Y tú?"

"Diablos, no tuve mucho que ver con ella, si soy honesto, a pesar de mis sentimientos por ella".

"¿Si eres honesto?" La sonrisa de Cole parecía más bien una

burla desde donde Mitch estaba sentado. "No insultes mi inteligencia, Mitch".

Respirando con dificultad, Mitch se quitó el pañuelo del cuello y se secó la frente. "Bueno, viendo que obviamente usted lo sabe... Sí, es verdad. Tuve relaciones con ella. Muchas veces".

"Cuando Lance estaba afuera en el campo".

"Si Lance se hubiera enterado, me habría matado a tiros".

"Estoy pensando que tal vez se enteró, Mitch".

"No que yo sepa".

"Era una mujer casada, Mitch. ¿Nunca entró eso en tu trato con ella? Tanto tú como Lance... Dios mío, lo que él le hizo a ese pobre hombre. Su marido. Lo llevó a la muerte es lo que pasó".

"Eso es como puede ser, señor Cole, pero eso no fue por mí. Se encontró con Lance y con ella. Fue por Lance que él..."

"Tú tienes tanta culpa como Lance, simplón". Cole giró en su silla para mirar directamente a Mitch. Se adelantó, apoyando los codos en el escritorio. "Henderson sabía lo de ella y Lance, pero creo que pudo haber ignorado tu participación. Por eso sigues vivo".

"No se lo va a decir, ¿verdad, Sr. Cole?"

"¿Parezco un idiota?" Levantó una mano rápidamente. "No respondas a eso. No, Mitch, te necesito vivo. Los buenos hombres son difíciles de encontrar en estos días, especialmente los que pueden disparar. Y tal y como van las cosas en Washington... Bueno, necesito continuidad y normalidad, en la medida de lo posible. Quiero que los sigas y te asegures de que no terminen matándose entre ellos. Devuelve a mi chico, sano y salvo, y luego volvemos a los negocios. Como era antes de que toda esta tontería se apoderara de nuestras vidas. Les das una buena ventaja y luego los sigues. Sé que eres bueno, Mitch. Recompensa la fe que tengo en ti".

"Sí, señor Cole, lo haré".

"Bien, ahora consigue un buen caballo y un par de días de provisiones y trae a mi hijo a casa".

Ahora, observando al indio que se movía con facilidad hacia

el pueblo, Mitch tenía una horrible sensación de presentimiento. ¿Dónde estaba Reuben, y tenían algo que ver todos los disparos que había oído? ¿Se había metido en un tiroteo? Apenas tenía quince años y, por lo que Mitch sabía, no tenía mucha idea de enfrentarse a pistoleros que pretendían matarlo. Era valiente, eso no se puede negar. La forma en que se había enfrentado a Lance tantas veces lo demostraba, pero un tiroteo, eso era diferente.

Con suerte, obtendría algunas respuestas en el pueblo. Rodando los hombros, Mitch dirigió su caballo por la ligera pendiente hacia San Bonifacio.

CAPÍTULO VEINTISIETE

Tenía una idea aproximada de la dirección que debía tomar. Caminando entre los árboles, Reuben llegó a las huellas dejadas por los hombres que habían venido a matarlo. Las siguió, como pudo, a través de la llanura ondulada. El suelo estaba duro debido al intenso frío y se veían muy pocas huellas de cascos. Había recogido las provisiones que pudo de sus atacantes caídos, despojando a uno de los dos caballos que había encontrado del saco de dormir, el agua, el pan duro y la munición antes de dejarlo libre. Tenía otra carabina Halls junto con un par de pistolas. Si no podía encontrar el camino a la ciudad de San Bonifacio, confiaba en poder sobrevivir en las llanuras, expuesto como estaba a los duros elementos. Si era necesario, se dirigiría hacia el rancho y volvería a casa.

Por supuesto, si lo hubiera pensado, las huellas le llevarían a Fort Defiance, el lugar del que sabía que habían salido los hombres de Banner. Tirando de las riendas, detuvo su caballo y contempló una llanura interminable, la extensión de tierra áspera y dura separada por los ocasionales matorrales, un panorama de desesperación si era honesto consigo mismo.

La nieve llegó, sin previo aviso. Su capacidad para leer las señales aún no estaba lo suficientemente desarrollada, así que cuando el tiempo cambió, le pilló desprevenido. Cerrando su chaqueta alrededor de la garganta, se agachó sobre el cuello de su caballo y trató de seguir adelante lo mejor que pudo.

Con el viento aullando y el frío prácticamente calcificando sus huesos, sabía que tenía que encontrar pronto un refugio. Si fuese atrapado aquí al caer la noche, expuesto a los elementos, moriría congelado. Perdido como estaba, sin poder ver ninguna pista, sin saber qué dirección tomar, con el sol oculto por la blancura arremolinada, su única esperanza era que el tiempo se despejara. Oró por ello. Constantemente. Cerrando los ojos, confiaba en que su caballo encontraría el mejor camino hacia algún tipo de salvación.

El pesado andar de los cascos del animal sonaba como un metrónomo de la fatalidad. No sabía cuánto tiempo caminaron él y el caballo. Envuelto en su abrigo, por inadecuado que fuera, Reuben temblaba tan violentamente que sus dientes repiqueteaban en su boca. Sus guantes de cuero para montar le daban poca protección. Le dolían las orejas y la nariz. Ya no sentía los dedos de los pies. Lo abrumaba una enorme oscuridad, y se aferró a la crin de su caballo e hizo todo lo posible por no pensar con nostalgia en el hogar, los fuegos de leña y la voz suave y tranquilizadora de su madre. Aún no había cumplido los quince años y, a pesar de haber matado, todavía no era un hombre fuerte ni valiente. El miedo bullía en sus entrañas un miedo como nunca antes había conocido. Al mirar hacia delante, solo pudo ver una impenetrable cortina blanca. La ventisca lo consumía todo y parecía no tener fin. No daba tregua. Gimió, apretó más su cara contra el cuello de su caballo y volvió a rezar.

Pronto no pudo pensar ni rezar. La negrura, tranquilizadora y cálida, se apoderó lentamente de él y, aunque sabía que no debía dormir, ya no tenía fuerzas, ni voluntad, para detenerse.

El primer indicio que tuvo de que había alguien cerca fue cuando abrió los ojos y miró hacia el cielo, a una vista de azul brillante. La tormenta había pasado y él estaba vivo. Cuando se dio cuenta de ello, una sombra se movió por encima de él, tapando el sol.

"Chico, seguro que eres una persona difícil de encontrar".

Frunciendo el ceño, Reuben trató de distinguir al dueño de la voz, pero todo lo que tenía era la silueta frente a sus ojos. Solo cuando el hombre se agachó, Reuben pudo ver su rostro. Jadeó, fue a sentarse y Mitch lo volvió a empujar suavemente hacia abajo.

"Descansa, joven amigo. He encendido un fuego y te he puesto mantas y cosas así. El café llegará pronto".

Desconcertado, Reuben trató de hablar, pero su garganta estaba seca, constreñida, y sus labios, cuando fue a abrir la boca, se agrietaron.

"No intentes hablar nada. Una vez que tengas algo de comida caliente y café dentro de ti, las cosas serán más fáciles. Hasta entonces, descansa".

"El caballo..."

"¿Qué es eso? ¿Tu caballo? Está bien. Se quedó contigo después de que te cayeras de su lomo. Si no lo hubiera hecho, nunca te habría visto. Estabas medio enterrado en la nieve". Mitch se rió y se alejó, dejando a Reuben mirando con asombro el cielo y preguntándose si Dios realmente había respondido a sus oraciones.

Se sentó acurrucado en una manta, mirando el fuego, con las manos envueltas en la taza de lata con el café. Frente a él, Mitch se liaba despreocupadamente un cigarrillo y lo encendía con un trozo de rama seca ardiendo recogida de las llamas.

"¿Qué estás haciendo aquí, Mitch?"

El vaquero volvió a reírse y expulsó un largo chorro de humo. "¿Por qué? ¿Estás deseando que yo no haya venido a buscarte?"

"No, por supuesto que no. Estoy agradecido. Me has salvado la vida, creo".

"Es bueno saber que mis esfuerzos no han sido en vano. A decir verdad, joven amigo, ¡estoy aquí fuera buscándote!"

Reuben negó con la cabeza, más desesperado que otra cosa. "Parece que mucha gente está haciendo eso".

"Sí... Tu papá quiere decir que lo siente".

"¿Qué lo siente?" Reuben soltó una ráfaga de aire mientras se burlaba: "Mi papá nunca dice que lo siente... ¡por nada!".

"Bueno, eso puede ser cierto, joven amigo, pero esta vez lo dice en serio. Ha cambiado de opinión, creo, y quiere que te lleve de vuelta".

"*¿De vuelta...?*" Reuben apartó la mirada, el calor de la rabia le hizo sudar. "Tengo cosas que hacer".

"Sea lo que sea, tendrá que esperar. El señor Cole no es un hombre para desobedecer, y necesito mantener mi trabajo".

"Lance y Henderson, discutieron".

"Siempre discuten. Son como dos viejas lavanderas, ¡no están contentas a menos que estén chillando por algo!"

"No, Mitch", Reuben se giró y miró directamente al cincelado rostro del vaquero, "esto fue algo más que una simple riña. Lance estaba herido, muy malherido".

"¿Herido? ¿Quieres decir que le dispararon?"

"No. Apuñalado. Profundo en el pecho".

"¡Santo Dios todopoderoso!" Mitch se puso en pie de un salto. "¿Quién lo hizo? ¿Henderson?"

"Fue un accidente, creo..."

"¿Tú *crees*? Será mejor que aclares esta historia, Reuben. Tu padre querrá un ajuste de cuentas".

"Eso es todo, Mitch. El ajuste de cuentas ya ha llegado. Lance escapó mientras... Ah, diablos, los detalles no importan. Lo que sí importa es que Lance se ha dirigido a la ciudad de San Bonifacio. Oso Pardo puede estar siguiéndolo, pero no puedo estar seguro".

"¡Parece que no sabes mucho, Reuben!"

"Es todo..." La presión aumentaba, Reuben se golpeaba los lados de la cabeza con los puños. "Maldita sea, nada está claro, no desde que me desmayé. Henderson y yo tuvimos que resistir a esas alimañas que me perseguían. Les disparamos muy bien, pero Henderson no sobrevivió. Tampoco el pobre Miles".

¿"Monroe"? Cielos, Reuben. ¿Están los dos muertos?" Reuben asintió. "¿Y Lance?"

"Al pueblo, como digo. Y el líder, un hombre llamado Banner Mató a, creo".

"¿O tal vez lo hiciste tú?"

"¿Eh?"

Reuben se quedó boquiabierto mientras Mitch sacaba lentamente su pistola. "Te voy a llevar de vuelta, Reuben. Puedes explicarle todo esto a tu papá".

"¡No! Mitch, por piedad..." Presa del pánico, Reuben fue a ponerse de pie y se congeló cuando Mitch llevó hacia atrás el martillo de su pistola. Una nube espantosa y gélida se abatió sobre Reuben y éste tembló mientras luchaba por acallar el miedo en su voz. "Mitch, escúchame: tenemos que ir a Bonifacio. Si Lance está allí, necesita ayuda. Ayuda médica. Y Banner, si Banner también está allí... Mitch, por favor, te lo ruego, vayamos al pueblo y averigüemos qué pasa. Luego volveré contigo. No te causaré problemas, te doy mi palabra".

"Vas a volver conmigo de todos modos, Reuben".

"Sí, sí, lo sé, Mitch, pero te lo ruego. Por favor. Tienes que confiar en mí en esto. Banner, él es la razón de todo esto. Fue él quien hizo que esos hombres cabalgaran tras Oso Pardo. Es un asesino, Mitch, y tiene que ser llevado a la justicia".

Mitch pareció sumirse en un profundo pensamiento. Mordiéndose el labio inferior, acabó por dejar caer la pistola en su funda. "Tan pronto como esté hecho..."

"Te lo prometo, Mitch. Me iré a casa contigo".

Esto pareció satisfacer al vaquero. Sus ojos recorrieron todo el entorno como si buscara algo. Estaban acampados en una ligera hondonada, lo que les ofrecía un poco de protección contra el frío abrasador, agravado por una brisa constante que traía ráfagas de nieve a la llanura. "Entraremos despacio y con calma. Si Lance está allí, lo encontraremos, pero este personaje de Banner... Creo que dispararemos primero y preguntaremos después".

"Así es como yo lo veo, Mitch". Señaló con la cabeza hacia el bulto de sus pertenencias que Mitch debió colocar allí después de encontrarlo y traerlo inconsciente. "Necesitaré mi arma si vamos a enfrentarnos a él".

Mitch lo miró. "Recoge tus cosas y vámonos".

CAPÍTULO VEINTIOCHO

Oso Pardo observaba desde su posición ventajosa, apartado no solo en la distancia sino también en la emoción. Lance apenas estaba consciente, la sangre seguía goteando de su herida. Las mujeres lo habían curado, pero solo para que viviera lo suficiente como para que lo colgaran.

Lance estaba sentado a horcajadas sobre un caballo viejo y sarnoso, que estaba en las últimas. Esta sería sin duda la última tarea que realizaría. Su carga, el pobre y sufrido Lance, parecía tan pálido como la tiza blanca, sus ojos enrojecidos apenas eran capaces de ver mucho. Su cabeza se inclinaba sobre el pecho y una fina línea de saliva brotaba de sus labios azules. Estaba a punto de morir.

Las chicas que lo rodeaban eran bondadosas y se reían del sufrimiento del hombre. El viejo dueño del bar, al que las chicas llamaban viejo Bill, estaba sentado en una desvencijada silla de mimbre, con una mano ahuecada alrededor de su canosa mandíbula. Junto con Lance y el caballo, a Oso Pardo le pareció que el viejo se uniría a ellos en la tumba antes de que pasara mucho tiempo.

Un hombre más grande y joven, con un delantal sucio, revisó

el nudo antes de retroceder para admirar su trabajo. "Eso servirá, no me extraña".

"Diablos, lo haga o no, que se balancee", gritó una de las chicas, una hembra enorme con unos bíceps que habrían quedado bien en un boxeador.

"Si se suelta", dijo una chica mucho más guapa, empuñando una pala en sus manos, "acabaré con él partiéndole los malditos sesos".

"Está bien", dijo el viejo Bill desde su silla, sacando su Colt Dragoon. "¿Alguna última palabra, pedazo de cerdo inútil?"

Oso Pardo vio que la cabeza de Lance se levantaba. Le siguió un movimiento apenas perceptible de los labios, pero Oso Pardo estaba demasiado lejos para captar las palabras.

"¿Qué es lo que ha dicho?", dijo el viejo Bill.

"Ha dicho que puedes irte a la mierda", cacareó la chica grande.

"Bueno, ¿es así?" El viejo Bill pareció herido, levantó la pistola en el aire y montó el martillo. "¡Disfruta de tu eternidad en el infierno, pedazo de basura asesina!"

El gran cañón retumbó, el viejo jamelgo chilló, pateó y salió disparado hacia delante. Con una sacudida enfermiza, Lance colgó del letrero, dando patadas con las piernas, intentando liberarse con todo el vestigio de sus fuerzas. No funcionó y pronto, en unos horribles instantes, se quedó sin fuerzas, con la lengua saliendo de un rostro hinchado y con venas azules. Todas las chicas gritaron de asco mientras Lance, ya muerto, se ensuciaba y el viejo Bill se reía a carcajadas.

Oso Pardo se dio la vuelta y se escabulló sin hacer ruido.

Avanzando sigilosamente hacia su caballo, Oso Pardo se detuvo al ver a un hombre grande que entraba en el pueblo desde el otro extremo de la calle. Oso Pardo se agachó hasta perderse de vista y observó cómo el hombre, al que conocía muy bien, ataba su caballo cerca de las caballerizas. El hombre se bajó del caballo y lo revisó todo antes de subir los escalones que conducían a la oficina principal.

Oso Pardo esperó. Este sería el momento y el lugar perfectos para matar a este hombre. Alcanzando la Halls que había tomado del caballo de Lance, comprobó su carga y se colocó boca abajo, alineando la mira hacia los establos. El hombre responsable de todos los terribles sucesos de los últimos días no sabría qué le había golpeado antes de morir allí mismo, en los peldaños.

Fue este pensamiento el que hizo dudar a Oso Pardo por un momento. ¿Por qué debería tener ese hombre una muerte fácil? Un minuto aquí, el siguiente... ¿Sin sufrimiento, sin darse cuenta de quién le había matado? ¿Sin darse cuenta de que estaba muriendo por lo que había hecho? No, era demasiado fácil. El hombre debía saberlo antes de que cayera el telón de su repugnante vida. En esos momentos de profunda contemplación, la oportunidad de una muerte rápida y limpia se esfumó cuando el hombre salió del despacho, frotándose la barbilla y estirando la espalda. Un hombre más pequeño, mucho más viejo, le siguió y se dirigió directamente al caballo y lo alejó suavemente por la parte de atrás. El hombre grande, el que Oso Pardo quería muerto, se alejó por la calle, sin saber que la muerte se había cernido sobre él durante unos breves instantes. Sin darse cuenta, se alejó, mientras Oso Pardo lo observaba. Pronto le llegaría la visión de Lance balanceándose bajo la pálida luz del sol, entonces Oso Pardo actuaría. Como debería haber hecho antes. Los asuntos del hombre blanco deben seguir siendo asuntos del hombre blanco, eso es lo que el Jefe Dos Ríos siempre le decía a su gente. No se involucren en asuntos que no comprendan ni valoren, porque su vida es diferente a la nuestra. Y de menos valor. El Jefe Dos Ríos había visto cómo su propia esposa era asesinada por cazadores de cabelleras. Sabía que la sabiduría de sus propias palabras era la verdad. Oso Pardo debería haber tomado más nota de ellas. Reuben Cole le había demostrado que no todos los blancos eran malos. Algunos eran sensibles, desinteresados y merecían respeto. Tal vez le debía a Reuben terminar con todo esto ahora mismo, mientras pudiera. Dejando su caballo, se deslizó entre las sombras para enfrentarse a sus enemigos e impartir justicia.

no todos los blancos eran malos. Algunos eran sensibles, desinteresados y merecían respeto. Tal vez le debía a Reuben terminar con todo esto ahora mismo, mientras pudiera. Dejando su caballo, se deslizó entre las sombras para enfrentarse a sus enemigos e impartir justicia.

CAPÍTULO VEINTINUEVE

Al girar hacia la entrada del pueblo, una ráfaga de una pistola de gran calibre casi les hace correr en busca de cobertura. Mitch, el primero en recuperarse, agarró el codo de Reuben cuando el joven fue a alejarse. "Eso no era para nosotros".

"¿Quién entonces?"

Mitch se encogió de hombros y sacó su pistola. "Mejor vamos a echar un vistazo".

El pueblo de San Bonifacio era poco más que una sola calle con edificios de madera de aspecto lamentable a ambos lados. Al final de la única calle lateral se encontraba una caballeriza, que era un pequeño corral y establo vallado apenas lo suficientemente grande para tres caballos. Enfrente había una oficina. Más abajo había una tienda de mercancías, una oficina de ensayadores, otro edificio que se inclinaba horriblemente hacia la derecha y que era, por el cartel que colgaba sobre su puerta torcida, un proveedor de carne. A continuación, había varias viviendas particulares bien espaciadas y un edificio de dos plantas que se proclamaba como casa de huéspedes. Enfrente había una colección de establecimientos de aspecto variopinto, uno de ellos una tienda de productos secos y, el más imponente, un gran hotel-taberna. Enfrente estaba el edificio que acaparó toda la atención de Reuben y Mitch, ya que de su cartel colgaba el cuerpo de Lance, con el cuello imposiblemente largo. Los únicos habitantes de este decrépito lugar eran una colección de muchachas llamativamente vestidas y un hombre sentado en una silla desvencijada, todos ellos riendo. Y observando, un poco al lado, había un hombre grande vestido con una levita oscura, con un sombrero de copa roto.

"Ese es Banner", dijo Reuben entre dientes.

"Y ese columpiando ahí es Lance".

"Creo que llegamos demasiado tarde para él".

Mitch soltó un suspiro y se bajó lentamente. "No puedo dejarlo así, Reuben. Vamos a presentarnos a ese grupo asesino de hadas carcajeantes".

Reuben cogió los dos caballos y los ató a un poste de enganche frente a un antiguo establecimiento de comidas, ahora todo tapiado. Se dio la vuelta y observó al grupo que se arremolinaba en torno a la macabra escena. Se estaban cansando de su deporte y empezaban a separarse.

"Mitch, tenemos que pensar en esto".

"Tengo que ayudar".

¿"Ayudar"? Está muerto, Mitch. Eso es obvio".

"¡Para mí no lo es!"

El vaquero se lanzó hacia delante. Reuben intentó agarrarlo, pero Mitch lo apartó de un manotazo. "¡Lo haré solo si es necesario, maldito seas!"

"¿Hacer qué por el amor de Dios?"

"¡Corten la cuerda y bájenlo!"

El viejo y las chicas entraron en la taberna. Ninguno de ellos dirigió a Reuben y Mitch ni siquiera una mirada, lo que dio a Mitch toda la ventaja que necesitaba.

Salió a la calle, con la pistola en la mano, y gritó: "¡Aguanten, partida de tontos!".

Se detuvieron, las chicas algo alteradas y el viejo con una sonrisa desdentada.

"¿Eres amigo suyo, hijo?"

"No tenían necesidad de asesinarlo así".

"*¿Asesinato?* ¿Es eso lo que llamas el ahorcamiento legal de ese hombre? ¿Estuviste aquí para presenciar lo que hizo?"

"Es un asesino", dijo una de las chicas. "Viene aquí, todo ensangrentado y lo atendemos. Luego mata al pobre Joshua sin razón alguna".

"Es justicia", dijo la muchacha, cruzando los brazos sobre su formidable pecho, "eso es lo que es, vaquero. Ahora vete antes de que te ponga sobre mis rodillas y te dé unos azotes en el trasero".

Reuben se acercó a Mitch y sintió que la atmósfera cargada se volvía más fea a cada segundo. Echó un vistazo detrás de él y vio a Banner perdiéndose de vista en el hueco entre un edificio adyacente y la tienda de la que colgaba Lance. ¿Qué estaba planeando? Se preguntó Reuben.

Un hombre salió de la taberna con un delantal de camarero. En sus manos llevaba una escopeta recortada. Reuben no dudaba de que era capaz de utilizar el arma con un efecto devastador.

"Mitch. Vámonos de aquí".

"Sabias palabras, para un joven", graznó el viejo. "Puedes llevarte a tu amigo si quieres, pero no vuelvas nunca por aquí o te colgaremos a ti también".

Las chicas se rieron y el anciano parecía muy satisfecho consigo mismo, hinchando el pecho y chasqueando sus delgados labios azules.

"Al diablo con eso", dijo Mitch, que se agachó a medias, sacó su revólver y disparó al hombre que sostenía la escopeta. El hombre salió volando hacia atrás, atravesó las puertas batientes y se quedó allí, con las piernas temblando. Corriendo con fuerza mientras las chicas estallaban en un coro de gritos salvajes, Mitch subió los escalones a toda prisa, agarró la escopeta, se dio la vuelta y descargó ambos cañones contra el grupo de mujeres justo cuando Reuben se lanzaba para cubrirse.

Por algún milagro, el anciano apareció ileso mientras a su alrededor, las chicas se tambaleaban y caían, algunas salpicadas en la cara, otras en el cuerpo. El ruido de sus bocas rotas era ensordecedor.

Reuben se agazapó detrás de una colección de cajas de madera, paralizado por la conmoción. No pudo hacer nada más que mirar mientras Mitch bajaba los escalones y disparaba cuatro tiros uniformemente espaciados contra el viejo, haciéndolo volar como si fuera un trapo en un palo en un día de viento. Incluso antes de que el viejo se desplomara, Mitch se dirigió a grandes zancadas hacia donde Reuben se acurrucaba de miedo.

"Será mejor que te espabiles, Reuben, ¡tenemos trabajo que hacer!"

Sucedió rápido después de eso, más rápido de lo que Reuben creía posible.

A estas alturas, Mitch parecía estar fuera de control. Ignorando los gemidos de las chicas afectadas, cruzó el corto tramo hasta donde el cuerpo de Lance se balanceaba tan horriblemente desde el cartel. "¡Ven aquí, Reuben!"

Aturdido, Reuben lo hizo.

"Sostenlo, Reuben. Por el amor de Dios, sostenlo por los tobillos, ¡maldita sea!"

Apartando la mirada, Reuben no deseaba contemplar el rostro hinchado del hombre que una vez había conocido. En su lugar, rodeó las piernas de Lance con los brazos y lo levantó, aliviando la presión de la cuerda.

"Maldita sea", escupió Mitch, "no tengo cuchillo. Sujétalo, Reuben, se va a caer".

Un poco de sentimiento estaba volviendo al cuerpo y a la mente de Reuben. Se aclaró la garganta. "Pero Mitch, ¿cómo se supone que voy a...?"

Pero antes de que Reuben pudiera terminar su frase, Mitch apuntó su revólver. Un solo disparo sonó y cortó la cuerda. El cuerpo de Lance, un peso muerto en todo el horrible sentido de la descripción, se desplomó sobre Reuben, tirándolo al suelo en un montón de miembros sin vida. Gritando, Reuben salió de debajo del cadáver y se puso en pie, con los brazos golpeando desesperadamente el polvo y lo que percibía como trozos de sangre seca de Lance de sus pantalones y camisa.

"¿Quieres dejar de sacudirte locamente?", dijo Mitch.

"¡Maldita sea! ¿Por qué no me avisaste?"

"¡Deja de gritar! ¿Cómo se supone que iba a bajarlo?"

"Ayuda, podríamos haber pedido ayuda".

"¿Ayuda? ¿De quién, de ese viejo buitre al que maté a tiros, o de esas putas que se nos echaron encima como coyotes enloquecidos?"

"No lo sé, pero deberías haberme avisado".

"Cielos, Reuben, tienes que cerrar la boca. Estoy a punto de terminar con tu falta de respeto. Lance ha dejado esta vida de una manera que no se merecía, así que piensa en eso un rato, ¿eh? Tendremos que subirlo a la espalda de una mula o tal vez a un carro y llevarlo de vuelta al rancho. Tu padre va a querer una satisfacción por esto, Reuben. Tengo la idea de que puede culparte de buena parte de esto".

"*¿Yo?*" Reuben levantó las manos, "¡Mitch, nada de esto depende de mí!"

"Bueno, nada de esto habría ocurrido si no hubieras disparado a esos hombres que perseguían a tu amigo indio. Eso es lo que causó todo esto, creo".

"Estoy de acuerdo con eso".

Ambos saltaron al oír esta nueva voz. En ese instante, todos sus desacuerdos se desvanecieron al darse la vuelta para ver la masa de Banner emergiendo del lado del edificio. Su levita estaba echada hacia atrás para mostrar dos pistolas atadas a sus caderas. Se apoyó en el borde de la tienda, despreocupado, arrogante, con una pequeña sonrisa en el rostro.

"Es él", respiró Mitch.

Pero Reuben estaba demasiado rígido de rabia e indecisión para responder.

Banner, en cambio, parecía tener el control absoluto. Se levantó con una sonrisa. "Eso creo, vaquero. Y aquí es donde termina".

Mitch no dudó. Su mano voló hacia su pistola. Fue rápido, tomando a Banner por sorpresa. Aunque el hombre grande logró despejar su funda derecha, Mitch llegó primero, con el martillo activado y el cañón inamovible. "Tienes toda la razón", dijo y apretó el gatillo.

Reuben aprendió una valiosa lección ese día, una que nunca olvidó.

Con horror, miró incrédulo a Mitch mientras el martillo caía sobre una recámara vacía. Mitch no había recargado su pistola. En aquellos días, recargar una pistola de seis cámaras llevaba tiempo. La colocación de la pólvora, la bala y el casquillo dependía de la paciencia, la habilidad y la deliberación. No era algo que debiera apresurarse o saltarse. Después de disparar a través de la cuerda colgante, Mitch no se había molestado en recargar, sin duda creyendo que el peligro ya no estaba presente. Y ahora estaba a punto de pagar el precio.

Banner exhaló un fuerte suspiro y cayó contra el edificio, pasando una mano temblorosa por su rostro. "Maldita sea, hijo, me tenías allí completamente muerto por derecho. Seguro que eres rápido, pero tienes el cerebro de un lirón. Doy gracias a Dios por ello. Tú, chico, desata tu cinturón mientras pienso que eres mucho más inteligente que tu amigo aquí".

Para dar más peso a sus palabras, y recuperando visiblemente la cordura, Banner apuntó con la pistola a Reuben.

Mitch hizo un movimiento. Reuben quiso gritar, pero antes de que pudiera reaccionar, Banner disparó a Mitch en lo alto del hombro izquierdo, haciéndole retroceder por los escalones de la tienda. Gimiendo, rodó sobre su cara. De su mano derecha se deslizó un cuchillo, el cual había agarrado.

"Como dije", dijo Banner con un suspiro, "sin neuronas".

Montó el martillo para prepararse para otro disparo.

El rifle sonó desde algún lugar del otro lado de la calle, pero la bala, trazando un rastro abrasador, dio en la madera a escasos centímetros de la cabeza de Banner. Banner chilló y se giró, visiblemente conmocionado.

Reuben, aprovechando su oportunidad, sacó su propia pistola y disparó contra la masa del hombre que tenía delante.

Ahora era el turno de Banner de tambalearse hacia atrás, mirando con abyecto horror la mancha roja que se ensanchaba en su abdomen. Se detuvo y volvió la cabeza hacia Reuben. "Chico, sabía que no eras estúpido"

"No me llames chico", gruñó Reuben y le disparó de nuevo en la cabeza.

Por un momento, el único sonido era el viento que levantaba nubes de nieve de la calle. Nada más se movió. Enfundando su arma, Reuben se acercó a Mitch y le dio la vuelta con suavidad.

"Oh, Reuben", dijo el vaquero, forzando una sonrisa. "Me voy a desangrar".

"No, no te sucederá", dijo Reuben.

Se sentó en los escalones y trató de controlar su respiración. Sabiendo lo que le había ocurrido a Mitch, sacó con cuidado su pistola y empezó a cargar las dos cámaras vacías. Pero las manos le temblaban tanto que no pudo hacerlo y el arma se le cayó de los dedos entumecidos. Matar le resultaba ahora fácil y ya no reconocía quién era. Hacía apenas unos días que era un adolescente desgarbado y feliz, que cabalgaba por el campo en busca de experiencias que marcaran su existencia, por lo demás mundana. Ahora era un asesino experimentado. Y lo más aterrador de todo: no sentía nada. No consideraba a los hombres abatidos por su arma más que a una cucaracha aplastada bajo su bota.

Se recompuso y se puso en pie. No había nadie más. Todos se habían ido a conocer a su creador, como podría haber dicho alguien como Monroe. Monroe, el único inocente verdadero en todo esto. Tantas vidas acabadas. ¿Valió la pena algo? Se preguntó.

Reuben se agachó y recogió su pistola, comprobó la carga y cruzó hacia el hombre al que acababa de disparar. Contempló el cuerpo sin vida de Banner, esos ojos bien abiertos, vueltos hacia el cielo, ojos que miraban perplejos, desconcertados. Reuben se preguntó quién había disparado el rifle, pero luego, al levantar la vista y ver el caballo que se alejaba en la distancia, lo supo. Debería llamar y dar las gracias a Oso Pardo, pero tal vez era mejor que siguiera su camino. Los hombres del rancho nunca podrían entender o aceptar que un indio pudiera hacer una buena acción. Él había salvado la vida de Reuben, le había dado esa ventaja, la única que necesitaba para unir todo y llevarlo a su inevitable conclusión.

Banner estaba muerto. Se acabó.

CAPÍTULO TREINTA

Encontró una sábana vieja en el burdel y arrancó varios trozos que utilizó para vendar el hombro de Mitch. El vaquero herido estaba sentado en el bar, con la cara bañada en sudor y un curioso color verde enfermizo que teñía sus mejillas. Llevaba un vaso de whisky en la mano derecha, la izquierda ahora inútil.

"La bala todavía está ahí", dijo Reuben. "Puedo extraerla, pero... Mitch, cabalgaremos hacia el rancho. Podemos hacerlo mañana".

Mitch asintió con la cabeza de forma sombría.

"Debería haberle disparado de inmediato", dijo Reuben. "Si lo hubiera hecho no estarías en esta..."

"No te castigues por esto, Reubs. Esto es mi culpa. Toda ella. Debería haber recargado mi arma".

"Nunca vi a nadie tirar tan rápido como tú, Mitch".

Una pequeña risita escapó de los labios del vaquero. "Al final no me sirvió de nada, ¿verdad?"

Reuben no tenía respuesta a eso. Llenó el vaso de Mitch. "Voy a buscar una carreta o algo para Lance".

"Déjalo, Reuben".

Reuben se detuvo y miró boquiabierto a su sufrido compañero. "¿Dejarlo? Mitch, no podemos simplemente..."

"Claro que sí, Reubs. ¿Después de lo que hizo? ¿A esa chica?"

"¿Quieres decir...?" Reuben se desplomó en una silla enfrente.

"Sí. Escucha, he tenido tiempo para pensar. Y esto...", hizo rodar su hombro herido, reprimiendo el dolor mientras lo hacía, "me ha aclarado la cabeza. Me ha aclarado todo".

"No estoy seguro de entender".

"Esperaba que Lance sobreviviera. Sabía que había malos sentimientos entre él y Henderson, pero si hubiera vivido, podría haberlo persuadido para que se sincerara. Todo fue su culpa, ya ves. Emily Dowers. Descubrió que ella planeaba huir con Henderson".

"*¿Qué?*"

"No te hagas el sorprendido, Reuben. Esa chica... Dios mío, si la hubieras visto. Es casi la cosa más bonita que he visto. Y tenía una forma de ser. Una mirada en sus ojos, el mohín de su boca... Si ponías los ojos en ella, Reuben, la querías en tu cama, sin dudarlo. Nunca en todos mis días había conocido algo así".

"Así que tú también..." Reuben se pasó una mano por el pelo, tirando de las raíces. "Pero el marido, él..."

"Creo que la trajo desde Nueva York con la esperanza de poder domesticarla de alguna manera. Ni una sola vez consideró que los hombres de aquí no tienen decoro. Somos rudos y sin modales. Es la naturaleza de nuestro trabajo. Tomamos lo que queremos, sin consideración. Eso es lo que pasó con ella y con el resto de nosotros. A mí también. Me acosté con ella. Me las arreglé para desenredarme de sus encantos porque siempre supe que era veneno. Casi me rompió el corazón hacerlo, debo decirte. Pero Henderson... El pobre tonto, se enamoró de ella a lo grande. Y ella lo alentó. Vio en él una salida".

"¿Y cuando Lance se enteró, la mató?"

Mitch se encogió de hombros. "Él también. No podía vivir sin ella. Me lo confió una noche cuando estaba tan borracho que no sabía lo que decía. Después de lo que hizo el marido".

"Mitch, pensé que habías dicho que Lance..."

"No. Dije que él era *responsable*. Había ido a la cabaña para salir con ella, y el marido estaba allí. Lucharon y Lance lo derribó, como era de esperar. Le gritó a Lance que saliera, que nunca volviera. Y mientras se alejaba, escuchó el disparo".

"Querido Dios..."

"Después de matarla, el marido fue y se ahorcó. Eso habría sido el final de no ser por Henderson. Estaba loco de dolor y por Lance... Se tomó su tiempo, planeó su venganza".

"Al plantar esas colillas de cigarro en la cabaña, para que pareciera que Henderson era el indicado".

"Algo así".

Una repentina sacudida de dolor recorrió sus facciones y Mitch se inclinó hacia delante, agarrándose el hombro.

Reuben se puso en pie de un salto. "¡Mitch, Mitch, aguanta! Toma el whisky, para adormecer el dolor, y yo iré a buscar los caballos".

"Será mejor que te des prisa, Reubs", gimió Mitch sin levantar la cabeza.

Cabalgaron durante la noche a paso firme, Reuben temiendo que cualquier movimiento brusco pudiera hacer que la bala se moviera en el hombro de Mitch y provocara otro ataque. Mitch, desplomado sobre el cuello de su caballo, emitía algún que otro gemido, pero, aparte de eso, apenas mostraba signos de malestar. Reuben, sin embargo, sabía que el tiempo corría en su contra y no podía permitirse el lujo de detenerse. Mientras el amanecer trazaba bandas de color rosa y malva en el cielo, anhelaba descansar y estaba seguro de que Mitch debía sentir lo mismo, pero el rancho estaba a pocas horas de distancia. Cuando estuvieran a su alcance, Reuben saldría al galope hacia las tierras de su padre, llamaría al doctor Miller y arreglaría a Mitch. Ese era el plan.

Por supuesto, como en la mayoría de los planes, las circunstancias se interpusieron.

Poco después de que el sol asomara por el horizonte, Mitch se resbaló de la silla de montar y cayó al suelo con fuerza. Se quedó quieto. Horriblemente quieto y Reuben estaba a su lado en un instante, levantando la cabeza, a punto de verter agua en la boca abierta y rígida del hombre.

Sus ojos estaban abiertos. Mirando a la nada.

Reuben llegó demasiado tarde.

CAPÍTULO TREINTA Y UNO

No tenía muchas ganas de comer y jugaba con los huevos que su padre insistía en que intentara comer.

Finalmente, sintiéndose mal, Reuben apartó el plato y se sentó. Sintió los ojos de su padre clavados en él.

"Me equivoqué contigo", dijo su padre tras una larga pausa. "Te he hecho daño y lo siento".

Levantando el rostro, Reuben observó los rasgos canosos de su padre. Había envejecido estos últimos días, el peso del estrés y la ansiedad le habían pasado factura. También sabía lo difícil que era para un hombre como él ofrecer una disculpa. Orgulloso, inflexible, seguro de su inquebrantable rectitud, Reuben no podía pensar en ninguna otra ocasión en la que su padre hubiera mostrado remordimiento, arrepentimiento o, en este caso, admisión de un error. Pero aquí estaba, y lo recibió con agrado, a pesar de la ira que se estaba desarrollando en su interior.

Con la pérdida de los mejores hombres de su padre, Lance, Henderson y Mitch, a Reuben le habían ofrecido el puesto de capataz, pero, por supuesto, lo había rechazado. Era demasiado joven. El rancho necesitaba un hombre de experiencia, de honor, un hombre que fuera respetado.

"Va a ser difícil encontrar a alguien así", dijo su padre,

mirando a la mesa, con el rostro serio, lleno de preocupación. "Las noticias del Este son malas, Reuben. Parece que los secesionistas de Carolina del Sur han atacado un fuerte, bombardeándolo con cañones y forzando su rendición".

"¿Qué significa eso, papá?"

"Significa que el presidente reaccionará y hará cumplir el estado de derecho en ese Estado. Lo que solo puede significar una cosa".

"¿Guerra? ¿Pero cómo puede un Estado enfrentarse a las fuerzas del país?"

"No pueden, pero he oído rumores de que más estados se unirán a Carolina del Sur, formarán su propio gobierno y se separarán. Se separarán. Lincoln no lo permitirá".

"No entiendo nada de esto, papá".

"Asumo lo que has dicho, Reuben, sobre tu falta de experiencia y todo eso, pero son tiempos peculiares, y no veo que tengamos muchas opciones".

"¿Qué tal si voy a Fort Defiance y busco un nuevo capataz? Puede que tenga suerte".

"¿Seguro que te sientes bien?"

"Creo que será la mejor manera de sacarme de la cabeza todo lo que ha pasado, papá".

"Podrías tener razón, pero ¿Fort Defiance? Ahí es donde empezó todo esto. ¿Y si ese Banner tiene algunos amigos allí?"

"Lo dudo".

"Pero, ¿y si los tiene?"

"Entonces me encargaré de ello. Papá, si tienes la confianza de que soy el capataz aquí, dando órdenes a los hombres que han trabajado en el campo toda su vida, entonces tienes que creer que puedo cuidar de mí mismo contra algunos pistoleros tontos".

"Si son poco inteligentes".

"Supongo que sí, dado lo que sé de los hombres que cabalgaban con Banner. Él habría elegido a los mejores y por Dios, papá, no eran los mejores de nada".

"No maldigas, Reuben".

"Sí. Lo siento, papá".

Su padre se mordió el labio inferior durante unos instantes, ensimismado. Luego, con súbita decisión, golpeó el tablero de la mesa con ambas manos. "Sí, por supuesto. Ve allí y elige un buen hombre, Reuben. Utiliza cada gramo de ese ingenio que te ha hecho pasar por todo esto. Trae a un buen hombre".

Radiante, Reuben se puso en pie, hizo un pequeño gesto con la cabeza y fue a prepararse.

El tiempo era claro y fresco, las tormentas de nieve habían terminado, el paisaje ondulado era un manto blanco pero ya no era traicionero bajo los cascos mientras cabalgaba, con la bufanda en la boca y el cuello forrado de pieles subido alrededor de la garganta.

A última hora de la tarde, frenó su caballo. El Fuerte Defiance se encontraba en la hondonada a unos treinta minutos de distancia. Sin volverse, tomó aire y habló. "No pensé que te volvería a ver en un tiempo".

Riéndose, Oso Pardo se acercó a él. "Eres bueno, mi joven amigo".

"No deberías haberte ido como lo hiciste. Ni de la cabaña, ni de ese maldito pueblo".

"No tenía muchas opciones. Me habrían llevado a la casa de tu padre y me habrían linchado, como intentaron antes".

"No. Yo habría..."

"No podrías haberlos detenido por segunda vez".

"¡Pero tú no habías hecho nada!"

"¿Crees que esos detalles les importan a hombres como esos?" Sacudiendo la cabeza, miró hacia el fuerte. "Esos hombres, y el llamado Banner, se deleitaron en causarme dolor. Esas cosas nunca terminarán, amigo mío. Siempre habrá hombres como esos dondequiera que yo u otros de mi pueblo vayamos".

"Las cosas pueden cambiar, amigo mío. Va a haber una guerra, dijo papá. Una guerra para liberar a los esclavos".

"¿Crees que eso traerá la libertad?"

"Yo..." Reuben frunció el ceño, se encogió de hombros y miró hacia otro lado. "Ni siquiera estoy seguro de lo que significa la libertad. El derecho a hacer y decir lo que quieras, supongo. No importa el color de tu piel. Eso es lo que dice papá, y estoy de acuerdo con él".

"¿Incluso si lo que quieres es matar a otros porque no son como tú? No, Reuben, es mejor que me mantenga alejado, distante, en las sombras, hasta que termine este problema que dices que viene".

"Más que problemas, supongo".

"Entonces, hasta que nos volvamos a encontrar..."

Reuben se volvió y extendió la mano. Oso Pardo la tomó. "Gracias", dijo Reuben.

"Era una forma de pagar mi deuda contigo, amigo mío. Pero es una deuda que aún no ha sido pagada en su totalidad".

Antes de que Reuben pudiera responder, Oso Pardo apartó su caballo y lo puso a todo galope.

Reuben vio a su amigo desaparecer en la distancia hasta que no fue más que una mancha gris en los campos de blanco puro.

Había soldados en el fuerte. Cuando Reuben frenó su caballo, miró a su alrededor. Los hombres vestidos de azul se mezclaban entre los muchos tipos de aspecto rudo que salían de la taberna. Había muchas risas y palmadas en la espalda y Reuben observaba y se preguntaba qué estaba pasando. Desmontó y, casi de inmediato, una mano grande y fuerte le rodeó el hombro. Instintivamente echó mano de su pistola, pero el dueño de la mano, un enorme soldado de rostro alegre que lucía rayas de sargento en ambos brazos, se limitó a reírse.

"Espera, joven amigo, no quiero hacerte daño".

"Lo siento", dijo Reuben, relajándose un poco.

"¿Qué haces aquí? Si buscas pasar un buen rato, el fuerte cerrará sus puertas dentro de poco. Por eso estamos aquí. Compañía D, Décimo Regimiento de Infantería, Ejército de los Estados Unidos. Estos hombres que ven a su alrededor, son vagabundos, aspirantes a buscadores de oro, oportunistas. Les ofrecemos la oportunidad de servir, de hacer algo con sus vidas miserables".

"¿Servir?"

"Sí. Para alistarse en el Ejército de los Estados Unidos. Podríamos usar hombres jóvenes de calibre, de habilidad. Veo por tu vestimenta que no eres un vagabundo".

"Me llamo Reuben Cole. Soy jefe de campo del rancho de mi padre".

El soldado hizo sonar un silbido silencioso. "Entonces, ¿estás bien acostumbrado a cuidar caballos y ganado?"

"Soy un rastreador".

Reuben vio cómo la expresión del hombre cambiaba, pasando de un interés indiferente a una atención total. "¿Un *rastreador?*"

Reuben asintió. Era una mentira, pero quizás no tan grande. Oso Pardo le había enseñado muchas cosas y algunas de ellas ya las había puesto en práctica.

"¡Esto se pone cada vez mejor! Parece que la providencia está sobre nosotros, mi buen joven amigo. ¿Qué te parece unirte a nosotros como rastreador del ejército?"

"Yo diría que eso sería algo muy bueno, señor".

La sonrisa radiante del sargento se hizo más amplia, y dio una palmada en el hombro de Reuben con su enorme mano, casi haciéndole perder el equilibrio.

"Tendría que informar a mi padre. Me envió aquí para reclutar hombres que le ayuden en el rancho. Hemos tenido algunos problemas, ya ve. Necesitamos reemplazos".

"Bueno, podemos hacer lo que podamos, pero se nos ha ordenado movernos rápido. Los ejércitos se están concentrando, joven amigo, y tenemos poco tiempo de sobra".

"Debería avisarle".

"Entonces lo haremos. Hay una cosa. Pareces un poco joven, perdona que te lo diga. Pero, ¿cuántos años tienes?"

Sin dudarlo, Reuben soltó otra mentira: "El mes que viene cumplo diecinueve años".

Y con eso Reuben fue reclutado en el ejército de los Estados Unidos como explorador.

Pronto, las hostilidades se convertirían en algo más que un rumor y los años de formación de Reuben le ayudarían a convertirse en un hombre de acción endurecido.

Fin de esta primera entrega de los primeros días de Reuben Cole.

Querido lector,

Esperamos que hayas disfrutado leyendo *Nacido Para Rastrear*. Tómese un momento para dejar una reseña, incluso si es breve. Tu opinión es importante para nosotros.

Atentamente,

Stuart G. Yates y el equipo de Next Chapter

Nacido Para Rastrear
ISBN: 978-4-82410-765-7

Publicado por
Next Chapter
1-60-20 Minami-Otsuka
170-0005 Toshima-Ku, Tokyo
+818035793528

2 octubre 2021